ESSAI

SUR LE TEXTE GREC

DE L'INSCRIPTION DE ROSETTE,

Par Ch. LENORMANT,

MEMBRE DE L'ACADÉMIE DES INSCRIPTIONS ET BELLES-LETTRES.

PARIS,

LELEUX, LIBRAIRE ÉDITEUR,

RUE PIERRE SARRAZIN, 9.

1840.

Notes sur l'écriture égyptienne

Combien de sortes de Racines ? 3.

1. Primitives.

2e Secondaires

3. Composées

LELEUX, ÉDITEUR, RUE PIERRE-SARRAZIN, 9, A PARIS.

ÉLITE

DES

MONUMENTS CÉRAMOGRAPHIQUES,

MATÉRIAUX POUR L'INTELLIGENCE DES RELIGIONS ET DES MOEURS
DE L'ANTIQUITÉ,

EXPLIQUÉS ET COMMENTÉS

PAR

CH. LENORMANT,

MEMBRE DE L'INSTITUT (ACADÉMIE DES INSCRIPTIONS ET BELLES-LETTRES), CONSERVATEUR DES MÉDAILLES ET ANTIQUES
DE LA BIBLIOTHÈQUE ROYALE, PROFESSEUR AGRÉGÉ D'HISTOIRE A LA FACULTÉ DES LETTRES,
MEMBRE DE L'INSTITUT ARCHÉOLOGIQUE DE ROME ET DE L'ACADÉMIE IMPÉRIALE DES BEAUX-ARTS DE VIENNE;

ET

J. DE WITTE,

MEMBRE DE L'INSTITUT ARCHÉOLOGIQUE DE ROME, ET CORRESPONDANT DE L'ACADÉMIE ROYALE
DES SCIENCES ET BELLES-LETTRES DE BRUXELLES.

PROSPECTUS.

De toutes les branches de l'antiquité figurée, il n'en est point qui, dans ce siècle, ait pris un plus grand développement et excité plus généralement l'attention que celle de la *céramographie.* Sous le rapport du nombre, de l'authenticité, de l'ancienneté comparative, les vases peints découverts en Grèce et dans l'Étrurie le disputent à la numismatique, et surpassent même les monuments monétaires, quant au développement des sujets.

Le concours d'un grand nombre d'érudits qui se sont occupés de la publication des monuments céramographiques devait produire et a produit en effet d'importants résultats; seulement, ces conquêtes de la science sont encore éparses; il manque un ouvrage qui, résumant toutes les publications faites jusqu'à ce jour, en reproduise l'ensemble, mettant à part les redites et les inutilités qui ne font que fatiguer les yeux et la mémoire sans accroître le domaine des notions utiles. Telle est la lacune que nous voulons remplir, tel est le but que nous nous sommes proposé; ranger les produits de l'art céramographique dans un ordre facile à saisir; dépouiller les anciens recueils pour en extraire tout ce qui mérite d'occuper aujourd'hui la science; rappeler ainsi des monuments dont l'importance a été méconnue faute d'une bonne interprétation; joindre à cette moisson recueillie dans les publications déjà faites, une moisson plus précieuse encore de monuments inédits; compléter ainsi, dans la mesure de nos connaissances actuelles, une véritable encyclopédie céramographique, en nous attachant à n'admettre rien de médiocrement curieux, et à n'omettre aussi rien de ce qu'on connaît aujourd'hui d'intéressant, c'est là un engagement que nous ne craignons pas de prendre publiquement, bien assuré, en quelque sorte, par la coopération de nos devanciers, d'en accomplir la plus grande partie, et, quant au reste, certain d'avance que l'utilité de notre travail en fera pardonner les imperfections.

On sait que les sujets mythologiques forment la classe la plus nombreuse des peintures de vases. Nous commencerons donc par les *mythes des dieux;* suivront les *mythes des héros*, et, dans ces divisions, les deux plus riches de l'ouvrage, on aura une *galerie mythologique* aussi complète que possible, tirée uniquement des produits de l'art céramographique. La troisième division de notre travail (après les *vases historiques*, dont le nombre est très-limité, et qui formeront comme un appendice à la mythologie) comprendra un choix de *peintures mystiques et funéraires*. Enfin, dans la quatrième et dernière division de l'ouvrage, nous donnerons des sujets relatifs à *la vie privée*, aux *mœurs domestiques des anciens*. Dans cette partie entreront les *jeux de théâtre, du stade et de la palestre, les usages particuliers*, et, en un mot, tous les sujets sans allusion directe à la religion, sujets dont le nombre se restreint toujours davantage à mesure que la comparaison jette de nouvelles lumières sur l'étude des monuments.

Nous ne craignons pas d'avancer que cette suite de sujets offrira un intérêt aussi attrayant et un ensemble mieux disposé que la galerie mythologique de Millin, ouvrage dont l'utilité est généralement reconnue par tous ceux qui s'occupent d'études archéologiques. Le nombre très-borné de vases peints qui se trouvent dans la galerie de Millin appartient à l'époque où ces monuments étaient encore excessivement rares. On connaissait alors peu de chose des fouilles étrusques; les découvertes les plus importantes de Nola n'avaient pas encore été publiées. D'ailleurs, les sujets sont si réduits et si mal rendus dans cet ouvrage, qu'il est impossible de se former une idée de ces admirables peintures. Le format que nous avons adopté nous permettra de donner les grandes compositions réduites avec le soin le plus minutieux, et même un nombre considérable de dessins de la dimension exacte des originaux.

Indépendamment des anciens recueils, ouvrages volumineux, d'un format difficile à manier, la plupart d'une grande rareté et d'un prix excessif, recueils dont nous extrairons tout ce qu'ils renferment d'intéressant, les vases inédits de la *Collection Durand* et du *Musée du prince de Canino*, dont tous les calques sont dans nos portefeuilles, forment la base des richesses nouvelles que nous sommes en mesure d'offrir au public. Nous espérons recevoir des communications importantes de plusieurs musées publics, et des plus riches collections particulières.

Résoudre le problème de faire une publication fidèle et consciencieuse, et en même temps à un prix modéré, tel a été le but vers lequel tendaient tous nos efforts. C'est aux amateurs, c'est au public éclairé à décider si nous sommes parvenu à en approcher. De notre côté, nous pouvons assurer que rien ne nous coûtera pour arriver le plus près possible de la réalisation de ce plan.

La publication de l'*Élite des monuments céramographiques* a été interrompue par des causes indépendantes de la volonté des auteurs. Le changement d'éditeur, qui vient d'avoir lieu pour cet ouvrage, doit donner aux souscripteurs toutes les garanties possibles d'une parfaite exactitude.

CONDITIONS DE LA SOUSCRIPTION.

A partir du 1er février, la publication des nouvelles livraisons se suivra sans éprouver aucun retard. La vingt et unième est en vente au moment où paraît ce *Prospectus*.

L'ouvrage sera divisé en 150 à 200 livraisons grand in-4°, qui formeront six ou sept volumes. Chaque livraison est composée de quatre planches gravées sur pierre, et d'une ou deux feuilles de texte. Le papier et le format sont semblables à ceux du *Prospectus*.

Le prix de la livraison, planches en noir, est fixé à 4 fr.; planches coloriées, 6 fr. 50 c. Ce prix sera porté irrévocablement à 5 fr. et à 8 fr. à partir du 1er janvier 1842.

Il paraît au moins une livraison par mois, et, à partir de l'année prochaine, on mettra en vente deux ou trois livraisons par mois.

Imprimerie de Firmin Didot frères, rue Jacob, 57.

ESSAI

SUR LE TEXTE GREC

DE L'INSCRIPTION DE ROSETTE,

Par Ch. LENORMANT,

MEMBRE DE L'ACADÉMIE DES INSCRIPTIONS ET BELLES-LETTRES.

PARIS,

LELEUX, LIBRAIRE ÉDITEUR,

RUE PIERRE SARRAZIN, 9.

1840.

IMPRIMERIE MOQUET ET Cie, RUE DE LA HARPE, 90.

AVERTISSEMENT.

Je n'ai point eu l'intention, dans le travail qui suit, de donner une interprétation complète de l'*Inscription de Rosette*. Un tel travail serait, dans tous les cas, au-dessus de mes forces, et, en ce moment, il me serait impossible d'y consacrer les soins convenables. Des trois textes dont se compose l'inscription de Rosette, l'hiéroglyphique, le démotique et le grec, ce dernier pouvait seul, dans l'état actuel de la science, devenir l'objet d'une étude complète : j'ai tâché que la mienne marquât un progrès sur les tentatives précédentes, et fît mieux pénétrer dans l'intelligence d'un monument que les recherches des Heyne, des Porson et des Drumann n'ont pas entièrement éclairci.

J'ai d'abord reproduit le texte aussi correctement que possible, et sans m'arrêter aux défectuosités qui tiennent, soit à l'orthographe suivie par le graveur, soit aux erreurs qu'il n'a pas su éviter dans la transcription du décret.

Les lacunes causées par la destruction partielle de l'original ont été comblées, d'après les indications fournies par les précédents interprètes, ou d'après mes propres conjectures. Le texte hiéroglyphique, non encore entièrement expliqué, nous est cependant accessible dans un grand nombre de ses détails : nous en avons profité pour combler quelques-unes des plus importantes lacunes du texte grec. J'ai joint à ce texte une version que je crois plus fidèle et plus élégante que celles de mes devanciers.

Le commentaire qui suit a pour objet principal de faire ressortir dans l'ensemble et dans les détails le caractère purement égyptien du décret rendu en l'honneur de Ptolémée Épiphane. J'ai joint à ce commentaire une indication de ce qu'on trouve de relatif à l'interprétation de la partie hiéroglyphique, soit dans la Grammaire égyptienne de Champollion le jeune, soit dans les volumes déjà publiés du grand ouvrage de M. Rosellini, soit enfin dans l'essai malheureusement incomplet de Salvolini. Le texte démotique m'aurait sans doute fourni de grandes lumières, si j'avais pu l'étudier ; mais jusqu'à présent je ne connais rien qui puisse guider sûrement dans cette partie de la littérature Égyptienne, au-delà des heureuses conjectures d'Akerblad et des solides observations de M. Kosegarten. On fera plus avec le travail de Champollion sur la *partie démotique de l'Inscription de Rosette*, travail qu'un heureux hasard vient de faire retrouver, mais qui malheureusement appartient aux premiers temps des découvertes de ce savant.

La science hiéroglyphique est une carrière où la disparition du génie qui l'a ouverte ne nous permet d'avancer que pas à pas ; les travaux préparatoires y sont donc encore utiles, et c'est sous ce rapport seulement que je me permets de recommander le mien à l'attention des érudits.

INSCRIPTION DE ROSETTE.

1 Βασιλεύοντος τοῦ νέου, καὶ παραλαβόντος τὴν βασιλείαν παρὰ τοῦ πατρὸς, κυρίου βασιλειῶν μεγαλοδόξου, τοῦ τὴν Αἴγυπτον καταστησαμένου, καὶ τὰ πρὸς τοὺς

2 θεοὺς εὐσεβοῦς, ἀντιπάλων ὑπερτέρου, τοῦ τὸν βίον τῶν ἀνθρώπων ἐπανορθώσαντος, κυρίου τριακονταετηρίδων, καθάπερ ὁ Ἥφαιστος ὁ μέγας, βασιλέως, καθάπερ ὁ Ἥλιος

3 μέγας βασιλεὺς, τῶν τε ἄνω καὶ τῶν κάτω χωρῶν, ἐκγόνου θεῶν Φιλοπατόρων, ὃν ὁ Ἥφαιστος ἐδοκίμασεν, ᾧ ὁ Ἥλιος ἔδωκεν τὴν νίκην, εἰκόνος ζώσης τοῦ Διὸς, υἱοῦ τοῦ Ἡλίου, Πτολεμαίου

4 αἰωνοβίου, ἠγαπημένου ὑπὸ τοῦ Φθᾶ, ἔτους ἐνάτου, ἐφ' ἱερέως Ἀετοῦ τοῦ Ἀετοῦ Ἀλεξάνδρου, καὶ θεῶν Σωτήρων, καὶ θεῶν Ἀδελφῶν, καὶ θεῶν Εὐεργετῶν, καὶ θεῶν Φιλοπατόρων, καὶ

5 θεοῦ Ἐπιφανοῦς εὐχαρίστου, ἀθλοφόρου Βερενίκης Εὐεργέτιδος Πύῤῥας τῆς Φιλίνου, κανηφόρου Ἀρσινόης Φιλαδέλφου Ἀρείας τῆς Διογένους, ἱερείας Ἀρσινόης Φιλοπάτορος Εἰρήνης

6 τῆς Πτολεμαίου, μηνὸς Ξανδικοῦ τετράδι, Αἰγυπτίων δὲ Μεχεὶρ ὀκτωκαιδεκάτῃ, ψήφισμα οἱ ἀρχιερεῖς καὶ προφῆται καὶ οἱ εἰς τὸ ἄδυτον εἰσπορευόμενοι πρὸς τὸν στολισμὸν τῶν

7 θεῶν, καὶ πτεροφόραι, καὶ ἱερογραμματεῖς καὶ οἱ ἄλλοι ἱερεῖς πάντες οἱ ἀπαντήσαντες ἐκ τῶν κατὰ τὴν χώραν ἱερῶν εἰς Μέμφιν τῷ βασιλεῖ πρὸς τὴν πανήγυριν τῆς παραλήψεως τῆς

8 βασιλείας τῆς Πτολεμαίου αἰωνοβίου, ἠγαπημένου ὑπὸ τοῦ Φθᾶ, θεοῦ Ἐπιφανοῦς εὐχαρίστου, ἣν παρέλαβεν παρὰ τοῦ πατρὸς αὐτοῦ, συναχθέντες ἐν τῷ ἐν Μέμφει ἱερῷ τῇ ἡμέρᾳ ταύτῃ εἶπαν·

9 Ἐπειδὴ βασιλεὺς Πτολεμαῖος αἰωνόβιος, ἠγαπημένος ὑπὸ τοῦ Φθᾶ, θεὸς Ἐπιφανὴς εὐχάριστος, ὁ ἐκ βασιλέως Πτολεμαίου καὶ βασιλίσσης Ἀρσινόης, θεῶν Φιλοπατόρων, κατὰ πολλὰ εὐεργέτηκεν τά θ' ἱερὰ καὶ

10 τοὺς ἐν αὐτοῖς ὄντας, καὶ τοὺς ὑπὸ τὴν αὐτοῦ βασιλείαν τασσομένους ἅπαντας, ὑπάρχων θεὸς ἐκ θεοῦ καὶ θεᾶς, καθάπερ Ὧρος ὁ τῆς Ἴσιος καὶ Ὀσίριος υἱὸς, ὁ ἐπαμύνας τῷ πατρὶ αὐτοῦ Ὀσίρει, τὰ πρὸς θεοὺς

11 εὐεργετικῶς διακείμενος, ἀνατέθεικεν εἰς τὰ ἱερὰ ἀργυρικάς τε καὶ σιτικὰς προσόδους, καὶ δαπάνας πολλὰς ὑπομεμένηκεν ἕνεκα τοῦ τὴν Αἴγυπτον εἰς εὐδίαν ἀγαγεῖν, καὶ τὰ ἱερὰ καταστήσασθαι·

12 ταῖς τε ἑαυτοῦ δυνάμεσιν πεφιλανθρώπηκε πάσαις, καὶ ἀπὸ τῶν ὑπαρχουσῶν ἐν Αἰγύπτῳ προσόδων καὶ φορολογιῶν τινὰς μὲν εἰς τέλος ἀφῆκεν, ἄλλας τε κεκούφικεν, ὅπως ὅ τε λαὸς καὶ οἱ ἄλλοι πάντες ἐν

13 εὐθηνίᾳ ὦσιν ἐπὶ τῆς ἑαυτοῦ βασιλείας· τά τε βασιλικὰ ὀφειλήματα, ἃ προσώφειλον οἱ ἐν Αἰγύπτῳ καὶ οἱ ἐν τῇ λοιπῇ βασιλείᾳ αὐτοῦ, ὄντα πολλὰ τῷ πλήθει, ἀφῆκεν, καὶ τοὺς ἐν ταῖς φυλακαῖς

14 ἀπηγμένους, καὶ τοὺς ἐν αἰτίαις ὄντας ἐκ πολλοῦ χρόνου, ἀπέλυσε τῶν ἐγκεκλημένων· προσέταξε δὲ καὶ τὰς προσόδους τῶν ἱερῶν, καὶ τὰς διδομένας εἰς αὐτὰ κατ' ἐνιαυτὸν συντάξεις σιτι-

15 κάς τε καὶ ἀργυρικὰς, ὁμοίως τε καὶ τὰς καθηκούσας ἀπομοίρας τοῖς θεοῖς ἀπό τε τῆς ἀμπελίτιδος γῆς, καὶ τῶν παραδείσων, καὶ τῶν ἄλλων τῶν ὑπαρξάντων τοῖς θεοῖς ἐπὶ τοῦ πατρὸς αὐτοῦ,

TRADUCTION DE L'INSCRIPTION DE ROSETTE.

1 Sous le règne du jeune monarque, successeur à la couronne de son père, glorieux sei-
2 gneur des diadèmes, réparateur de l'Égypte, pieux envers les dieux, vainqueur de ses
antagonistes, réformateur du monde, seigneur des panégyries trentenaires, comme
3 Vulcain le grand, roi, comme le Soleil grand roi, des hautes et basses régions,
rejeton des dieux Philopators, approuvé par Vulcain, à qui le Soleil a donné la
4 victoire, image vivante de Jupiter, fils du Soleil, Ptolémée le perdurable, aimé de
Phtha, l'an neuf; Aëtès fils d'Aëtès étant prêtre d'Alexandre, des dieux Soters, des
5 dieux Adelphes, des dieux Évergètes, des dieux Philopators et du Dieu Épiphane
le très gracieux : Pyrrha, fille de Philinus, étant athlophore de Bérénice Évergète,
6 Aria, fille de Diogène, étant canéphore d'Arsinoë Philadelphe, Irène, fille de Ptolémée, étant prêtresse d'Arsinoë Philopator; du mois Xanthique le 4, et de Méchir,
selon les Égyptiens, le 18 :
Les pontifes, les prophètes, ceux qui entrent dans le sanctuaire pour ha-
7 biller les dieux, les ptérophores, les scribes sacrés, et tous les autres prêtres
qui des temples de l'Égypte se sont rassemblés à Memphis auprès du roi, pour
8 la cérémonie de la prise de possession par Ptolémée le perdurable, aimé de
Phtha, dieu Épiphane très gracieux, de la couronne qu'il a héritée de son père,
étant réunis dans le temple de Memphis, ce même jour, ont décrété :

9 Considérant que le Roi Ptolémée le perdurable, aimé de Phtha, dieu Épiphane très
gracieux, issu du roi Ptolémée et de la Reine Arsinoë, dieux Philopators, a comblé de
10 bienfaits les temples et ceux qui les habitent, et généralement tous ceux qui sont
placés sous sa domination; qu'étant dieu, fils d'un dieu et d'une déesse, comme
11 Orus, le fils d'Isis et d'Osiris, et le vengeur de son père Osiris, plein de libéralité en ce
qui concerne les dieux, il a assuré aux temples des revenus tant en argent qu'en blé,
et s'est imposé de grandes dépenses pour rendre à l'Égypte sa tranquillité et pour
12 rétablir les temples; qu'il a fait le bien de tout son pouvoir; que, des revenus publics et des impôts qui existaient en Égypte, il a aboli les uns et allégé les autres,
13 afin que le peuple de l'Égypte et tous ses autres sujets vécussent dans l'abondance
sous sa domination : qu'il a remis les dettes contractées envers la couronne tant
par ceux de l'Égypte que par ses autres sujets, bien qu'elles fussent très considérables;
14 qu'il a amnistié ceux qui depuis long-temps étaient retenus prisonniers, ou se trouvaient sous le coup d'accusations; qu'il a ordonné en outre que les revenus des
15 temples et ce qui leur est dû annuellement tant en blé qu'en argent, ainsi que les
prélèvements établis en faveur des dieux sur les produits des vignes et des jardins, et

16 μένειν ἐπὶ χώρας· προσέταξεν δὲ καὶ περὶ τῶν ἱερέων, ὅπως μηθὲν πλεῖον διδῶσιν εἰς τὸ τελεστικὸν, οὗ ἐτάσσοντο
ἕως τοῦ πρώτου ἔτους ἐπὶ τοῦ πατρὸς αὐτοῦ· ἀπέλυσεν δὲ καὶ τοὺς ἐκ τῶν

17 ἱερῶν ἐθνῶν τοῦ κατ' ἐνιαυτὸν εἰς Ἀλεξάνδρειαν κατάπλου· προσέταξεν δὲ καὶ τὴν σύλληψιν τῶν εἰς τὴν ναυτείαν μὴ
ποιεῖσθαι· τῶν τ' εἰς τὸ βασιλικὸν συντελουμένων ἐν τοῖς ἱεροῖς βυσσίνων
18 ὀθονίων ἀπέλυσεν τὰ δύο μέρη· τά τε ἐκλελειμμένα πάντα ἐν τοῖς πρότερον χρόνοις ἀποκατέστησεν εἰς τὴν καθήκουσαν
τάξιν, φροντίζων ὅπως τὰ εἰθισμένα συντελῆται τοῖς θεοῖς κατὰ τὸ

19 προσῆκον· ὁμοίως δὲ καὶ τὸ δίκαιον πᾶσιν ἀπένειμεν, καθάπερ Ἑρμῆς ὁ μέγας καὶ μέγας· προσέταξεν δὲ καὶ τοὺς
καταπορευομένους ἔκ τε τῶν μαχίμων καὶ τῶν ἄλλων τῶν ἀλλότρια
20 φρονησάντων ἐν τοῖς κατὰ τὴν ταραχὴν καιροῖς, κατελθόντας μένειν ἐπὶ τῶν ἰδίων κτήσεων·
Προενοήθη δὲ καὶ, ὅπως ἐξαποσταλῶσιν δυνάμεις ἱππικαί τε καὶ πεζικαὶ καὶ νῆες ἐπὶ τοὺς ἐπελθόντας

21 ἐπὶ τὴν Αἴγυπτον κατά τε τὴν θάλασσαν καὶ ἤπειρον, ὑπομείνας δαπάνας ἀργυρικάς τε καὶ σιτικὰς μεγάλας, ὅπως
τά θ' ἱερὰ καὶ οἱ ἐν αὐτῇ πάντες ἐν ἀσφαλείᾳ ὦσι· παραγενόμε-
22 νος δὲ καὶ εἰς Λύκων πόλιν τὴν ἐν τῷ Βουσιρίτῃ, ἣ ἦν κατειλημμένη καὶ ὠχυρωμένη πρὸς πολιορκίαν ὅπλων τε
παραθέσει δαψιλεστέρᾳ καὶ τῇ ἄλλῃ χορηγίᾳ πάσῃ, ὡς ἂν ἐκ πολλοῦ
23 χρόνου συνεστηκυίας τῆς ἀλλοτριότητος τοῖς ἐπισυναχθεῖσιν εἰς αὐτὴν ἀσεβέσιν, οἳ ἦσαν εἴς τε τὰ ἱερὰ καὶ τοὺς ἐν
Αἰγύπτῳ κατοικοῦντας πολλὰ κακὰ συντετελεσμένοι, καὶ ἀν-

24 τικαθίσας, χώμασίν τε καὶ τάφροις καὶ τείχεσιν αὐτὴν ἀξιολόγοις περιέλαβεν· τοῦ τε Νείλου τὴν ἀνάβασιν μεγάλην
ποιησαμένου ἐν τῷ ὀγδόῳ ἔτει, καὶ εἰθισμένου κατακλύζειν τὰ
25 πεδία, κατέσχεν, ἐκ πολλῶν τόπων ὀχυρώσας τὰ στόματα τῶν ποταμῶν, χορηγήσας εἰς αὐτὰ χρημάτων πλῆθος
οὐκ ὀλίγον· καὶ καταστήσας ἱππεῖς τε καὶ πεζοὺς πρὸς τῇ φυλακῇ

26 αὐτῶν, ἐν ὀλίγῳ χρόνῳ τήν τε πόλιν κατὰ κράτος εἷλεν, καὶ τοὺς ἐν αὐτῇ ἀσεβεῖς πάντας ἀνέφθειρεν, καθάπερ
Ἑρμῆς καὶ Ὧρος ὁ τῆς Ἴσιος καὶ Ὀσίριος υἱὸς ἐχειρώσαντο τοὺς ἐν τοῖς αὐτοῖς
27 τόποις ἀποστάντας πρότερον· τοὺς ἀφηγησαμένους τῶν ἀποστάντων ἐπὶ τοῦ ἑαυτοῦ πατρὸς καὶ τὴν χώραν ε[πιπιέ-
σ]αντας, καὶ τὰ ἱερὰ ἀδικήσαντας, παραγενόμενος εἰς Μέμφιν, ἐπαμύνων

28 τῷ πατρὶ καὶ τῇ ἑαυτοῦ βασιλείᾳ, πάντας ἐκόλασεν καθηκόντως, καθ' ὃν καιρὸν παρεγενήθη πρὸς τὸ συντελεσθῆ[ναι
αὐτῷ τὰ] προσήκοντα νόμιμα τῇ παραλήψει τῆς βασιλείας·
Ἀφῆκεν δὲ καὶ τὰ ἐν
29 τοῖς ἱεροῖς ὀφειλόμενα εἰς τὸ βασιλικὸν ἕως τοῦ ὀγδόου ἔτους, ὄντα εἰς σίτου τε καὶ ἀργυρίου πλῆθος οὐκ ὀλίγον·
ὡσαύτως δὲ καὶ τὰς τιμὰς τῶν μὴ συντετελεσμένων εἰς τὸ βασιλικὸν βυσσίνων ὀθονί-

16 généralement toutes les choses qui appartiennent aux dieux, restassent fixées comme
sous le règne de son père ; qu'il a prescrit de plus, en ce qui concerne les prêtres, que
la taxe à laquelle ils sont soumis ne s'élevât pas plus haut qu'ils ne l'avaient payée jus-
17 qu'à la première année du règne de son père, et que les familles sacerdotales fussent dispensées désormais de descendre à Alexandrie chaque année ; qu'il a permis qu'elles cessassent de contribuer à l'entretien des navires ; qu'il a remis les
18 deux tiers des toiles de coton que les temples devaient fournir au trésor royal ; qu'il
a rétabli dans l'ordre régulier tout ce qui était tombé en désuétude aux époques précédentes, prenant soin que ce qui était usité à l'égard des dieux fût observé de la
19 manière convenable ; que de même il a rendu la justice à tous, comme Hermès le
deux fois grand ; qu'il a ordonné que les émigrés rentrés, tant les militaires que
20 généralement tous ceux qui avaient pris part à la rébellion pendant les troubles,
fussent, à leur retour, maintenus dans la possession de leurs biens ;

Qu'il a pourvu à ce qu'il fût envoyé des forces suffisantes tant en cavalerie qu'en in-
21 fanterie et en vaisseaux contre ceux qui s'étaient jetés sur l'Égypte par terre et par mer,
ayant supporté de grandes dépenses en argent et en blé afin que les temples et tous ceux
22 qui habitent l'Égypte fussent en sûreté ; que s'étant transporté auprès de la Lycopolis
du nome Busirite, et l'ayant trouvée au pouvoir des rebelles et munie pour un siége
23 d'une grande quantité d'armes et de toute espèce de provisions (car la révolte des impies
qui s'y étaient rassemblés s'était déclarée depuis long-temps, au grand préjudice des
temples et des habitants de l'Égypte qui avaient souffert de leur part toute sorte de
24 maux), il commença le siége par établir autour de cette ville une ligne respectable de
terrassements, de fossés et de murailles ; que cependant (c'était alors la 8e année du
25 règne) la crue du Nil étant venue très considérable, il empêcha que les plaines ne
fussent inondées, comme il arrive en pareil cas ; qu'il fit pour cela boucher l'entrée
des canaux, ce qui ne put s'accomplir sans de fortes dépenses ; et qu'ayant mis des
26 cavaliers et des fantassins à la garde de ces ouvrages, il lui fallut dès lors peu de temps
pour emporter la ville et exterminer tous les impies qu'elle renfermait, comme au même
27 lieu Hermès et Orus, fils d'Isis et d'Osiris, avaient jadis réduit les rebelles : que quant
à ceux qui avaient donné l'exemple de la révolte sous le règne de son père, foulé le
28 pays et profané les temples, après être entré dans Memphis, vengeant avec son père
sa propre majesté, il les a châtiés tous selon leurs mérites, alors qu'il est venu accomplir les cérémonies prescrites pour le couronnement ;

29 Qu'il a fait remise aux temples des dettes qu'ils avaient contractées envers le
trésor royal, depuis le commencement de son règne jusqu'à la huitième année,
et qui formaient, tant en blé qu'en argent, une somme considérable ; qu'il a fait éga-

30 ων, καὶ τῶν συντετελεσμένων τὰ πρὸς τὸν δειγματισμὸν διάφορα ἕως τῶν αὐτῶν χρόνων· ἀπέλυσέν τε τὰ ἱερὰ καὶ
τῆς λελειμμένης ἀρτάβης τῇ ἀρούρᾳ τῆς ἱερᾶς γῆς, καὶ τῆς ἀμπελίτιδος ὁμοίως

31 τὸ κεράμιον τῇ ἀρούρᾳ· τῷ τε Ἄπει καὶ τῷ Μνεύει πολλὰ ἐδωρήσατο καὶ τοῖς ἄλλοις ἱεροῖς ζώοις τοῖς ἐν Αἰγύπτῳ,
πολὺ κρεῖσσον τῶν πρὸ αὐτοῦ βασιλέων φροντίζων ὑπὲρ τῶν ἀνηκό[ντων εἰς]

32 αὐτὰ διὰ παντός, τά τ' εἰς ταφὰς αὐτῶν καθήκοντα διδοὺς δαψιλῶς καὶ ἐνδόξως, καὶ τὰ τελισκόμενα εἰς τὰ ἴδια
ἱερὰ μετὰ θυσιῶν καὶ πανηγύρεων καὶ τῶν ἄλλων τῶν νομι[ζομένων],

33 τά τε τίμια τῶν ἱερῶν καὶ τῆς Αἰγύπτου διατετήρηκεν ἐπὶ χώρας ἀκολούθως τοῖς νόμοις· καὶ τὸ Ἀπιεῖον ἔργοις πολυτελέσιν κατεσκεύασεν, χορηγήσας εἰς αὐτὸ χρυσίου τε κ[αὶ ἀργυρί-]

34 ου καὶ λίθων πολυτελῶν πλῆθος οὐκ ὀλίγον· καὶ ἱερὰ καὶ ναοὺς καὶ βωμοὺς ἱδρύσατο, τά τε προσδεόμενα ἐπισκευῆς προσδιωρθώσατο, ἔχων θεοῦ εὐεργετικοῦ ἐν τοῖς ἀνήκου[σιν εἰς τὸ]

35 θεῖον διάνοιαν· προσπυνθανόμενός τε, τὰ τῶν ἱερῶν τιμιώτατα ἀνανεοῦτο ἐπὶ τῆς ἑαυτοῦ βασιλείας ὡς καθήκει·
ἀνθ' ὧν δεδώκασιν αὐτῷ οἱ θεοὶ ὑγίειαν, νίκην, κράτος καὶ τ' ἄλλα ἀγαθ[ὰ πάντα,]

36 τῆς βασιλείας διαμενούσης αὐτῷ καὶ τοῖς τέκνοις εἰς τὸν ἅπαντα χρόνον·
Ἀγαθῇ Τύχῃ· ἔδοξεν τοῖς ἱερεῦσι τῶν κατὰ τὴν χώραν ἱερῶν πάντων, τὰ ὑπάρχοντα τ[ίμια πάντα]

37 τῷ αἰωνοβίῳ βασιλεῖ Πτολεμαίῳ, ἠγαπημένῳ ὑπὸ τοῦ Φθᾶ, θεῷ Ἐπιφανεῖ εὐχαρίστῳ, ὁμοίως τε καὶ τὰ τῶν γονέων
αὐτοῦ θεῶν Φιλοπατόρων, καὶ τὰ τῶν προγόνων θεῶν Εὐερ[γετῶν, καὶ τὰ]

38 τῶν θεῶν Ἀδελφῶν, καὶ τὰ τῶν θεῶν Σωτήρων ἐπαύξειν μεγάλως· στῆσαι δὲ τοῦ αἰωνοβίου βασιλέως Πτολεμαίου,
Θεοῦ Ἐπιφανοῦς εὐχαρίστου, εἰκόνα ἐν ἑκάστῳ ἱερῷ ἐν τῷ ἐπιφα[νεστάτῳ τόπῳ,]

39 ἣ προσονομασθήσεται Πτολεμαίου τοῦ ἐπαμύναντος τῇ Αἰγύπτῳ· ᾗ παρεστήξεται ὁ κυριώτατος θεὸς τοῦ ἱεροῦ,
διδοὺς αὐτῷ ὅπλον νικητικόν· ἃ ἔσται κατεσκευασμένα [τὸν εὐπρεπέστατον]

40 τρόπον· καὶ τοὺς ἱερεῖς θεραπεύειν τὰς εἰκόνας τρὶς τῆς ἡμέρας, καὶ παρατιθέναι αὐταῖς ἱερὸν κόσμον, καὶ τ' ἄλλα
τὰ νομιζόμενα συντελεῖν, καθὰ καὶ τοῖς ἄλλοις θεοῖς ἐν [ταῖς κατὰ τὴν χώραν πα-]

41 νηγύρεσιν· ἱδρύσασθαι δὲ βασιλεῖ Πτολεμαίῳ, θεῷ Ἐπιφανεῖ εὐχαρίστῳ, τῷ ἐκ βασιλέως Πτολεμαίου καὶ βασιλίσσης Ἀρσινόης, θεῶν Φιλοπατόρων, ξόανόν τε καὶ ναὸν χρ[υσοῦν ἐν ἑκάστῳ τῶν]

42 ἱερῶν, καὶ καθιδρύσαι ἐν τοῖς ἀδύτοις μετὰ τῶν ἄλλων ναῶν, καὶ ἐν ταῖς μεγάλαις πανηγύρεσιν, ἐν αἷς ἐξοδεῖαι
τῶν ναῶν γίνονται, καὶ τὸν τοῦ θεοῦ Ἐπιφανοῦς εὐχ[αρίστου ναὸν συνε-]

43 ξοδεύειν· ὅπως δ' εὔσημος ᾖ νῦν τε καὶ εἰς τὸν ἔπειτα χρόνον, ἐπικεῖσθαι τῷ ναῷ τὰς τοῦ βασιλέως χρυσᾶς βασιλείας δέκα, αἷς προσκείσεται ἀσπὶς [ἐγρηγορὼς ὡς ἐπὶ]

44 τῶν ἀσπιδοειδῶν βασιλειῶν τῶν ἐπὶ τῶν ἄλλων ναῶν· (ἔσται δ' αὐτῶν ἐν τῷ μέσῳ ἡ καλουμένη βασιλεία ψχέντ,
ἣν περιθέμενος εἰσῆλθεν εἰς τὸ ἐν Μέμφ[ει ἱερόν, ὅπως συν-]

30 lement l'abandon jusqu'à la même époque, et de la valeur des étoffes de coton qui
n'avaient pas été fournies, et de la différence de celles qui ayant été fournies
n'étaient pas conformes à l'étalon; qu'il a tenu les temples quittes de l'arriéré de
l'impôt d'une artabe par aroure de terre sacrée, et de celui d'une amphore également
31 par aroure de vignoble; qu'il a beaucoup donné à Apis, à Mnévis et aux autres
animaux sacrés de l'Égypte, s'étant montré bien mieux intentionné en ce qui les con-
32 cerne sous tous les rapports que les rois ses prédécesseurs; qu'il a assigné avec générosité et magnificence ce qu'il faut à leur sépulture, et aux sacrifices, panégyries
33 et autres cérémonies qui s'accomplissent dans leurs temples; qu'il a respecté, conformément aux lois, les prérogatives des temples et de la population égyptienne;
qu'il a richement décoré le temple d'Apis, consacrant à cette destination une masse
34 considérable d'or, d'argent et de pierres précieuses; qu'il a élevé des temples, des
naos et des autels; qu'il a restauré les édifices sacrés qui en avaient besoin, animé qu'il
35 est des sentiments d'un dieu bienfaisant pour ce qui appartient à la divinité; et
que, sur les informations qu'il a prises, il a renouvelé à son nom, dans la forme établie,
les objets les plus précieux des temples, ainsi qu'il convient: en échange de quoi, les dieux
36 lui ont donné la santé, la victoire, la force et tous les autres biens, assurant la couronne
à toujours sur sa tête et sur celle de ses descendants: —

(Sous l'invocation de la Fortune!)

Les prêtres de tous les temples de l'Égypte ont arrêté que tous les honneurs qu'on rend
37 tant au perdurable roi Ptolémée, chéri de Phtha, dieu Épiphane très gracieux, qu'à ses
38 parents les dieux Philopators et à ses ancêtres, les dieux Évergètes, les dieux Adelphes et les dieux Soters, seraient notablement accrus: qu'on placerait, dans chaque
temple, au lieu le plus apparent, l'image du perdurable roi Ptolémée, dieu Épiphane
39 très gracieux, au nom duquel on joindrait le titre de Vengeur de l'Égypte;
qu'auprès de cette figure serait celle du dieu principal du temple, dans l'action de
lui offrir l'arme de victoire: ce qui serait exécuté avec toute la magnificence
40 possible; que les prêtres adoreraient ces images trois fois par jour, qu'ils les pare-
raient des ornements sacrés, et qu'ils accompliraient à leur égard les cérémonies
41 usitées en l'honneur des autres dieux dans les panégyries de l'Égypte; qu'il serait consacré au roi Ptolémée, dieu Épiphane très gracieux, fils du roi Ptolémée et de la reine
42 Arsinoë, dieux Philopators, une statue et un naos d'or dans chacun des temples, et que
dans les grandes panégyries à l'occasion desquelles on fait sortir les naos, on por-
43 terait également celui du dieu Épiphane très gracieux; et afin que ce naos fût
remarquable dès à présent et à l'avenir, qu'on placerait au-dessus les dix coiffures
44 royales en or décorées de l'uræus qui se dresse, tel qu'on le voit aux coiffures qu'on
fixe sur les autres naos; qu'au milieu de ces coiffures serait placée celle qu'on nomme
le *schent*, et que le roi portait quand il entra dans le temple de Memphis pour ac-

45 τελεσθῇ τὰ νομιζόμενα τῇ παραλήψει τῆς βασιλείας· (ἐπιθεῖναι δὲ καὶ ἐπὶ τοῦ περὶ τὰς βασιλείας τετραγώνου κατὰ τὸ προειρημένον βασίλειον, φυλακτήρια χρυσ[ᾶ ἐν οἷς γεγράψεται ὅ-]

46 τι ἐστὶν τοῦ βασιλέως τοῦ ἐπιφανῆ ποιήσαντος τήν τε ἄνω χώραν καὶ τὴν κάτω· καὶ ἐπεὶ τὴν τριακάδα τοῦ Μεσορὴ, ἐν ᾗ τὰ γενέθλια τοῦ βασιλέως ἄγεται, ὁμοίως δὲ καὶ [τὴν τοῦ Φαωφὶ ἑπτακαιδεκάτην]

47 ἐν ᾗ παρέλαβεν τὴν βασιλείαν παρὰ τοῦ πατρὸς, ἐπωνύμους νενομίκασιν ἐν τοῖς ἱεροῖς, αἳ δὴ πολλῶν ἀγαθῶν ἀρχηγοὶ πᾶσιν εἰσὶν, ἄγειν τὰς ἡμέρας ταύτας ἑορτ[ὰς καὶ πανηγύρεις ἐν τοῖς κατὰ τὴν Αἴ-]

48 γυπτον ἱεροῖς κατὰ μῆνα, καὶ συντελεῖν ἐν αὐτοῖς θυσίας καὶ σπονδὰς, καὶ τ' ἄλλα τὰ νομιζόμενα, καθὰ καὶ ἐν ταῖς ἄλλαις πανηγύρεσιν, τάς τε γινομένας προθέ[σεις τῶν ἄρτων σὺν ἄλλοις τοῖς πα-]

49 ρεχομένοις ἐν τοῖς ἱεροῖς· ἄγειν δὲ ἑορτὴν καὶ πανήγυριν τῷ αἰωνοβίῳ καὶ ἠγαπημένῳ ὑπὸ τοῦ Φθᾶ βασιλεῖ Πτολεμαίῳ, θεῷ Ἐπιφανεῖ εὐχαρίστῳ, κατ' ἐνι[αυτὸν λαμπρῶς τε καὶ σπουδαίως κατὰ τὴν]

50 χώραν, ἀπὸ τῆς νουμηνίας τοῦ Θωῦθ ἐφ' ἡμέρας πέντε, ἐν αἷς καὶ στεφανηφορήσουσιν, συντελοῦντες θυσίας καὶ σπονδὰς καὶ τ' ἄλλα τὰ καθήκοντα· προσαγορε[ύεσθαι δὲ τοὺς ἐν τοῖς ἱεροῖς Αἰγύπτου πάντας]

51 καὶ τοῦ θεοῦ Ἐπιφανοῦς εὐχαρίστου ἱερεῖς, πρὸς τοῖς ἄλλοις ὀνόμασιν τῶν θεῶν, ὧν ἱερατεύουσι, καὶ καταχωρίσαι εἰς πάντας τοὺς χρηματισμοὺς καὶ εἰς τοὺς δ[ημοτικοὺς καταλόγους πάντας τὴν]

52 ἱερατείαν αὐτοῦ· ἐξεῖναι δὲ καὶ τοῖς ἄλλοις ἰδιώταις ἄγειν τὴν ἑορτὴν· καὶ τὸν προειρημένον ναὸν ἱδρύεσθαι καὶ ἔχειν παρ' αὐτοῖς, συντελοῦ[ντας τὰ προσήκοντα νόμιμα ἐν ταῖς ἑορτα-]

53 ῖς κατ' ἐνιαυτὸν, ὅπως γνώριμον ᾖ, διότι οἱ ἐν Αἰγύπτῳ αὔξουσι καὶ τιμῶσι τὸν θεὸν Ἐπιφανῆ, εὐχάριστον βασιλέα, καθάπερ νόμιμον ἐστίν· [ἐγχαράξαι δὲ τοῦτο τὸ ψήφισμα εἰς στήλην σ-]

54 τερεοῦ λίθου, τοῖς τε ἱεροῖς καὶ ἐγχωρίοις καὶ Ἑλληνικοῖς γράμμασιν, καὶ στῆσαι ἐν ἑκάστῳ τῶν τε πρώτων καὶ δευτέρων [καὶ τρίτων ἱερῶν ἐν οἷς ἡ τοῦ βασιλέως εἰκὼν ἵδρυται.]

---

45 complir les cérémonies du couronnement; qu'on poserait aussi sur la plate-forme
carrée qui supporte les coiffures, auprès du *schent*, des phylactères en or sur les-
46 quels serait écrit : C'est ici le naos du roi qui a rendu resplendissantes les contrées
supérieure et inférieure ; et comme le trente de Mesori, jour auquel on célè-
bre l'anniversaire de la naissance du roi, ainsi que le dix-sept de Phaophi, jour
47 auquel il entra en possession de la couronne de son père, ont été tenus pour épony-
mes dans les temples, à cause des nombreux avantages dont pour tous ils ont été l'o-
48 rigine, qu'on célébrerait des fêtes et des panégyries dans les temples de l'Égypte
à pareil jour de chaque mois, et qu'on y accomplirait des sacrifices, des libations
et toutes les cérémonies usitées dans les autres panégyries, avec les offrandes ordinai-
49 res des pains et les rites de toute nature qui sont pratiqués dans les temples; qu'on ferait
une fête et une panégyrie annuelle dans tout le pays avec éclat et magnificence en l'hon-
50 neur du roi perdurable aimé de Phtha, Ptolémée, dieu Épiphane très gracieux, à partir
de la nouvelle lune de Thoth durant cinq jours, pendant lesquels on porterait des
couronnes, on célébrerait des sacrifices, on ferait des libations, et on accomplirait
toutes les autres cérémonies; que tous les membres du sacerdoce en Égypte s'inti-
51 tuleraient prêtres du dieu Épiphane le très gracieux, outre les noms des dieux
au service desquels chacun d'eux est spécialement attaché; qu'ils mentionneraient
52 dans les actes publics ou privés auxquels ils interviennent ce titre de prêtres d'Épiphane; qu'il serait permis aux autres particuliers de célébrer cette fête, de consacrer un naos comme ceux dont il a été précédemment question, et de l'avoir chez
53 eux en lui rendant les honneurs compétents dans les fêtes qui ont lieu pendant le
cours de l'année : afin qu'il soit manifeste que les habitants de l'Égypte honorent et
révèrent le dieu Épiphane, roi très gracieux, conformément à ce qui lui est dû; et enfin
54 que ce décret serait gravé sur une stèle de pierre dure, en caractères sacrés, popu-
laires et grecs, et placé dans chacun des temples du premier, du second et du troisième ordre, où doit s'élever l'image du roi.

Notes sur la traduction du texte grec de l'inscription de Rosette.

Ligne 1. On a souvent agité la question de savoir si le décret des prêtres de l'Égypte en l'honneur de Ptolémée Épiphane, que contient cette inscription, avait été d'abord rédigé en grec, puis traduit en égyptien, ou si plutôt, conformément à l'ordre suivi dans la transcription des trois copies, le texte égyptien en écriture hiéroglyphique ne constituait pas l'original d'après lequel on avait ensuite rédigé la copie démotique et tracé la version grecque. La question me paraît résolue dès la première ligne du texte grec, où nous remarquons plusieurs titres tout-à-fait inusités dans les monuments helléniques, et qui répondent à des formules très fréquentes dans les inscriptions hiéroglyphiques. De ce nombre est le titre de : κύριος βασιλειῶν, que nous traduisons par *seigneur des couronnes* ou des *diadèmes*, bien qu'à la ligne 43, le mot βασιλεία semble désigner généralement toute espèce de coiffure royale. Βασιλεία n'est pas ordinairement usité dans le sens de *couronne* : l'expression reçue en pareil cas est βασίλειον : il est vrai que βασιλεία et βασίλειον se trouvent employés tous deux avec la même signification dans la ligne 45 de l'inscription: επὶ τοῦ περὶ τὰς βασιλείας τετραγώνου κατὰ τὸ προειρημένον βασίλειον. Ce dernier βασίλειον était plus haut βασιλεία : ἔσται δ' αὐτῶν ἐν τῷ μέσῳ ἡ καλουμένη βασιλεία ψχέντ.... (ligne 44). Quoi qu'il en soit, à κύριος βασιλειῶν répond un titre hiéroglyphique qui, surtout dans les inscriptions d'une époque récente, est souvent substitué à celui de *fils du Soleil*, et que Champollion a constamment traduit par *seigneur des diadèmes* (1). La phrase τοῦ τὴν Αἴγυπτον καταστησαμένου rappelle le titre de ⲑⲟⲛⲕ (ⲛ̀) ⲭⲏⲙⲓ, *fabricateur de l'Égypte*, donné à Rhamsès II, dans l'inscription dédicatoire du grand temple d'Ibsamboul (2). Le κύριος τριακονταετηρίδων de la ligne 2 est encore plus fréquemment reproduit dans les textes hiéroglyphiques sous la forme de *seïgneur des panégyries* (3). Il en est de même des autres titres jusqu'à la ligne 3. Toutefois, l'ordre du discours a dû être considérablement modifié dans la version grecque : l'an IX, indiqué seulement à la ligne 4, la date du 18 de Méchir qu'on lit à la ligne 6, devaient être placés au début du décret qui sans doute était ainsi conçu : *L'an neuf, de Méchir le dix-huit, sous la majesté de.....* (4) Le grec doit donc être considéré comme une traduction libre du texte hiéroglyphique, traduction dans laquelle on a pu étendre de préférence les parties du décret qui se prêtaient le mieux aux développements du style

(1) Fig. 1. — (2) Fig. 2. — (3) Fig. 3. — (4) Fig. 4.

grec, et abréger celles qui se rapportaient principalement au protocole égyptien. Nous fournirons dans la suite de ce commentaire diverses preuves à l'appui de cette dernière observation.

Ligne 2. Je n'ai pas dû me borner à traduire ici le titre de κύριος τριακονταετηρίδων par *Seigneur des panégyries* ; cette dernière expression, dont Champollion fait usage dans la translation des textes hiéroglyphiques, n'aurait pas été comprise. L'hiéroglyphe qui répond au mot τριακονταετηρὶς, offre la figure de la salle *hypostyle* (ou soutenue par des colonnes) d'un grand temple ou d'une habitation royale, garnie des trônes destinés à recevoir le monarque et les principaux fonctionnaires de l'état. Cette figure, où les détails que nous indiquons se distinguent facilement, quand elle se trouve dans les inscriptions d'un travail soigné, est supportée par une *corbeille*, symbole de *contenance* et qui répond aux deux mots égyptiens ⲛⲓⲃⲓ *tout*, et ⲛⲏⲃ *seigneur* (1). Ici, la réunion des deux figures indique une *assemblée* qui réunit *tous* les habitants de l'Égypte. Or, les fêtes les plus solennelles parmi les Égyptiens étaient les *grandes panégyries* ou *réunions générales* qu'on n'avait célébrées d'abord que tous les *trente ans*. Plus tard, on dut distinguer les *triacontaétérides*, ou *panégyries trentenaires*, sans doute tombées en désuétude, des autres *grandes panégyries* (ἐν ταῖς μεγάλαις πανηγύρεσιν, ligne 42, répondant à la ligne 8 du texte hiéroglyphique), qui se célébraient plus souvent. Mais le titre de *seigneur des panégyries trentenaires* dut se conserver, comme un vœu de longévité exprimé en faveur du roi régnant. (2)

L'*Héphæstus* de la ligne 2 et de la ligne 3 est la même divinité qu'on voit désignée ligne 4, par son nom égyptien de *Phtha*; ce dernier nom est constamment assimilé à celui d'*Héphæstus* ou de *Vulcain*. Voyez les textes qu'a rassemblés Jablonsky, *Panth. Ægypt.* P. I, p. 44 et 45.

Ligne 3. ὃν ὁ Ἥφαιστος ἐδοκίμασεν. Ce membre de phrase qu'on peut également traduire par *celui que Vulcain a éprouvé*, ou *celui que Vulcain a approuvé*, reproduit ici une forme hiéroglyphique que nous retrouvons dans le prénom le plus ordinaire de Rhamsès II, *Soleil gardien de justice, approuvé du Soleil*. L'*approbation* est ici la conséquence de l'*épreuve*.

(1) Fig. 5.

(2) « J'ai toujours pensé que les triacontaétérides dont ce monument (l'inscription de Rosette) fait mention, « périodes qui n'ont de fondement ni dans les révolutions du soleil, ni dans celles de la lune, n'étaient autre chose « que les révolutions de Saturne que les anciens, comme on sait, ont toujours estimées à trente ans, et dont le retour « aurait formé une de ces *apocatastases*, auxquelles étaient liées de grandes fêtes et panégyries. » Letronne, *sur l'origine du zodiaque grec*, p. 33.

Υἱοῦ τοῦ Ἡλίου, *le fils du soleil*; c'est ici la formule qui précède ordinairement les cartouches *nom-propre* des Rois; et en effet on voit suivre immédiatement les mots: Πτολεμαίου αἰωνοβίου ἠγαπημένου ὑπὸ τοῦ Φθᾶ, *Ptolémée le perdurable, aimé de Phtha,* dont la transcription hiéroglyphique se trouve comprise dans le cartouche royal, et répétée trois fois, lignes VI, XII et XIV de la première partie de l'inscription.

Ligne 4. Αἰωνόβιος est la traduction grecque assez obscure de la formule égyptienne *vivant à toujours* (fig. 6). Le vieux mot français *perdurable* m'a paru rendre assez bien à la fois la formule égyptienne et sa transcription grecque. Le *toujours vivant* d'Ameilhon n'est point conforme à l'intention du texte hiéroglyphique.

Ligne 5. Les titres d'*Athlophore* de Bérénice Évergète, et de *Canéphore* d'Arsinoë Philadelphe, reproduits dans un contrat sur papyrus, dont M. Boeckh a donné l'explication (*Urkunde auf Papyrus*, p. 13), offrent une énigme qui n'a pas encore été éclaircie. On ne possède pas de détails sur le culte institué en l'honneur des Ptolémées déjà morts, et l'on ignore si ce culte n'offrait pas une combinaison des cérémonies grecques et des rites égyptiens.

On reconnaît l'*Athlophore,* sur les bas-reliefs égyptiens, dans l'officier qui accompagne la personne royale en portant *au bout d'un long manche une grande plume,* emblème de victoire. A Ibsamboul (Champ. *Mon. de l'Ég. et de la Nubie,* pl. IV, nº 2) un *prince d'Éthiopie* est investi de cette fonction. A Beit-Oualli (*Ibid.* pl. LXII), l'Athlophore est un fils de Rhamsès II. Existait-il un rapport entre la *prêtresse Athlophore* de Bérénice et les *Athlophores* des anciens Pharaons? C'est ce que nous ne pouvons décider. Drumann (*Die Inschrift von Rosette,* p. 88) croit que le sacerdoce de Pyrrha se rapportait aux victoires que Bérénice, qui envoyait des chevaux aux jeux Olympiques, était présumée y avoir remportées. On peut voir rassemblées au même endroit d'autres conjectures moins heureuses encore d'Ameilhon, de Combe et de M. Boeckh. Drumann et les autres interprètes ne sont pas plus satisfaisants dans leur explication de la *canéphore* d'Arsinoë Philadelphe. On pourrait considérer comme des *canéphores* les figures assez souvent reproduites sur les monuments égyptiens, entre les mains desquelles on remarque des corbeilles chargées des produits de la riche végétation de la contrée. Voyez, par exemple, le soubassement de la façade du grand temple à Dakké (*Mon. de l'Ég.*, pl. LII, nº 1).

Ligne 6. Μηνὸς Ξανδικοῦ τετράδι κ. τ. λ. *Le 4 du mois macédonien Xanthique, de Méchir le* 18; cette date répond au 27 mars de l'an 196 av. J.-C. (Drumann, l. c., p. 94).

Οἱ ἀρχιερεῖς καὶ προφῆται κ. τ. λ., les *grands-prêtres, les prophètes, etc.* Le passage capital à comparer avec cette énumération des différentes fonctions du sacerdoce en Égypte, est dans Clément d'Alexandrie, (*Stromat.* V. p. 634, A. Potter.) Drumann, p. 95 et suiv., est très complet et très intéressant sur cette matière.

Relativement aux *stolistes, hiérostolistes,* ou *hiérostoles,* prêtres chargés d'habiller les dieux, je rappellerai l'inscription que j'ai découverte sur la porte d'une chambre supérieure du grand temple de Philæ, et relativement à laquelle M. Letronne a donné des éclaircissements pleins d'intérêt dans ses *Matériaux pour l'histoire du christianisme en Égypte*, p. 65 et suiv. : cette inscription est ainsi conçue :

ΤΟΠΡΟCΚΥΝΗΜΑ
CΜΗΤΧΗΜΩΠΡΩΤΟ
CΤΟΛΙCΤΗCΕΚΠΑΤΡΟC
ΠΑΧΟΥΜΙΟΥΠΡΟΦΗ
ΤΟΥΜΗΤΡΟCΤCΕΝ
CΜΗΤΕΓΕΝΑΜΗΝ
ΠΡΩΤΟCΤΟΛΙCΤΗC
ΕΤΕΙΡΞΘΔΙΟΚΛΗΤΙ
ΗΛΘΑΕΝΤΑΥΘΑ
ΚΑΙΕΠΟΙΗCΑΤΟ
ΕΡΓΟΝΜΟΥΑΜΑ
ΚΑΙΤΟΥΑΔΕΛΦΟΥ
ΜΟΥCΜΗΤΟΔΙΑΤΟ
ΧΟCΤΟΥΠΡΟΦΗΤΟΥ
CΜΗΤΧΙΟCΠΑΧΟΥΜΙΟΥ
ΠΡΟΦΗΤΟΥΕ[ΜΟΙΧ]ΑΡΙC
ΩΝΤΑΙΗΔΕCΠΟΙΝΑ
ΗΜΩΝΙCΙ[CΚΑΙ]ΟΔΕC
ΠΟΤΗCΗΜ[ΩΝΟC]ΙΡΙC
ΕΠΑΓΑΘΩ[CΗΜΕ]ΡΟΝ
ΧΟΙΑΧΚΓ....
ΔΙΟΚΛΗ[ΤΙΑ]ΝΟΥ.

Au milieu des solécismes et des fautes d'orthographe que renferme cette inscription, on parvient à construire la version suivante :

« Acte d'adoration de Smetchem, le protostoliste, fils de Pachumius, prophète, et « de Tsensmet. Étant devenu protostoliste l'an 169 de Dioclétien, je me suis rendu en « ces lieux et j'ai rempli mes fonctions avec mon frère Smet, successeur du prophète « Smetchis, fils de Pachumius, prophète.

« Puissent m'être favorables notre maîtresse Isis et notre maître Osiris !

« Écrit (les Dieux l'ayant pour bon!) aujourd'hui 25 de choïak, de l'an 169 de Dioclétien. »

Le même individu, en arrivant à Philæ, avait tracé sur la plate-forme même du grand temple cette autre inscription que M. Letronne (l. c., p. 70) a également publiée d'après la copie que je lui avais fournie :

[Deux pieds vus par la plante.]

ΠΟΔΑCCΜΗΤΧΗΜΕΚΠΑΤΡΟC
ΠΑΧΟΥΜΠΡΟΦΗΤΟΥΕΙCΟΥΔΟC
ΦΙΛΩΝ
CΜΗΤΧΗΜΟΠΡΩΤΟCΤΟΛΙCΤΗC
ΥΙΟCΠΑΧΟΥΜΙΟΥΠΡΟΦΗΤΟΥ
ΧΟΙΑΚΙΕ
ΡΞΘΔΙΟΚ

« Pieds de Smetchem, fils de Pachôm, prophète, sur le sol de Philæ;

« Smetchem, le protostoliste, fils de Pachumius, prophète, de choiak le 15, l'an 169 de Dioclétien. »

Il résulte du rapprochement de ces deux inscriptions que, le 11 décembre de l'année 453 de notre ère (15 du mois de choiak de l'an 169 de l'ère de Dioclétien), Smetchem, fils de *Pachom* ou *Pachumius* (ⲡⲁϧⲱⲙ, l'*aigle,* dans le dialecte thébain), arriva à Philæ pour y remplir les fonctions de *protostoliste* ou de *premier habilleur des dieux*, et qu'après l'accomplissement de ses devoirs sacerdotaux, il repartit le 19 du même mois (23 de choiak). Il était accompagné de son frère Smet, fils comme lui de Pachumius le prophète. M. Letronne (l. c. p. 73) a rappelé avec juste raison que les fêtes d'Isis avaient lieu au solstice d'hiver, et c'est effectivement vers cette époque que nous voyons Smetchem et son frère Smet arriver à Philae. Lors de ce voyage, le temple d'Isis n'était plus occupé d'une manière permanente par la caste sacerdotale égyptienne. Il y avait déjà 60 ans que l'édit de Théodose avait proscrit l'ancien culte dans toute l'étendue de l'empire romain. Mais, en dehors des limites de cet empire, les Blémyes, peuple de la Nubie, étaient restés fidèles aux traditions religieuses de l'Égypte, et, dans un traité qui intervint entre ce peuple et Maximien, général de Marcien, empereur d'Orient, au commencement du règne de ce dernier prince (il monta sur le trône en 450), ils obtinrent l'autorisation de se rendre, suivant un ancien usage, dans le temple d'Isis, à Philæ, pour en tirer les images de la déesse, s'engageant à les ramener ensuite intactes dans le même édifice. Cette cérémonie a dû se renouveler pendant les cent ans que dura la trêve signée entre les Blémyes et le général de Marcien. A la fin de cette époque, d'autres monuments nous prouvent que le temple d'Isis fut définitivement affecté au culte chrétien. Les cérémonies accomplies par le protostoliste Smetchem coïncidaient peut-être avec le transport annuel dans l'Éthiopie des *statues* ou des *naos* d'Isis. Peut-être aussi d'autres articles du traité accordaient-ils aux prêtres Nubiens la faculté d'accomplir à de certaines époques d'autres cérémonies, telles que celle du *stolisme,* dans le temple d'Isis. Le *stolisme* ou l'habillement sacré s'appliquait non-seulement aux figures de ronde-bosse, mais même aux bas-reliefs; la décoration intérieure du temple d'Isis à Philæ porte encore aujourd'hui les traces des clous au moyen desquels on fixait des vêtements sur chacune des figures d'Isis. Beaucoup d'images anciennes de la Vierge, dans les églises catholiques, ont ainsi des demi-robes adhérentes à la muraille, et qui figurent un habillement complet.

J'ai suivi, pour l'interprétation des deux inscriptions que j'ai rappelées, les données exactes et ingénieuses de M. Letronne. Mais je cesse d'être d'accord avec ce savant sur la manière dont on doit recomposer la famille sacerdotale que ces inscriptions nous font connaître. M. Letronne distingue dans cette famille cinq personnages : *Pachumius*, prophète, sa femme *Tsensmet*, et leurs trois fils, *Smet* ou *Smetchis* l'aîné, prophète, *Smet* qui avait succédé à son frère, et *Smetchem* protostoliste. Voici, quant à moi, comment je recompose cette famille :

Pachôm ou *Pachumius, prophète*, père ;
Tsensmet, mère ;
Smetchem, fils aîné, Protostoliste ;
Smet, second fils, prophète, successeur de *Smetchis*.

On ne sait quel était ce dernier personnage : il appartenait sans doute à la même famille ; mais rien n'indique qu'il ait été fils de *Pachumius*, père de Smetchem et de Smet. Smetchis avait, il est vrai, pour père un *Pachumius*: mais, était-ce le même que le père de Smet et de Smetchem? c'est ce qu'on ne peut affirmer. M. Letronne a cru que Smetchis était venu à Philæ, en même temps que Smet et que Smetchem ; mais cette conjecture ne repose que sur une lacune de la seconde inscription, ligne 4, laquelle était ainsi conçue dans la copie que j'avais remise à M. Letronne :

CMHTX ΟΠΡΩΤΟCΤΟΛΙCΤΗC.

Comment Smetchis, qui n'avait que le titre de prophète, dans la première inscription (l.15), aurait-il été protostoliste dans la seconde? n'était-il pas vraisemblablement mort à l'époque où ces deux inscriptions furent tracées, puisque déjà Smet lui avait succédé dans la charge de prophète? On supposera peut-être que Smetchis avait passé du rang de prophète à celui de protostoliste ; mais alors, il y aurait donc eu à la fois deux protostolistes à Philæ, Smetchem et Smetchis : or, le titre de *protostoliste* semble exclure la pluralité dans le même emploi. Il est beaucoup plus naturel d'admettre que *Smetchem* a répété deux fois son nom dans la seconde inscription. Quant à la place que *Smetchis* a pu occuper dans la famille, on peut le considérer comme le fils d'un premier Pachumius, et le frère du second, ce qui donnerait la généalogie suivante :

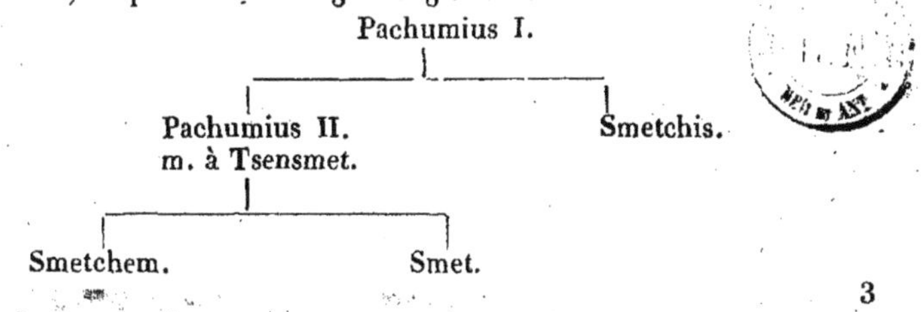

Les personnes qui compareront mes observations avec le travail de M. Letronne, s'apercevront que je ne fais, à l'exemple de ce savant, aucune différence pour le fond entre les deux formes affectées dans la même inscription à un seul et même nom, l'une purement égyptienne Παχώμ, l'autre accompagnée d'une désinence grecque Παχούμιος. M. Letronne a craint de lire à la seconde ligne de la seconde inscription εἰς οὖδος au lieu de εἰς οὖδας; mais on sait quelle était l'incorrection du dialecte grec de la haute Égypte, et combien les expressions poétiques y étaient mêlées à celle de la prose.

L. 7. Πρὸς τὴν πανήγυριν τῆς παραλήψεως τῆς βασιλείας. La cérémonie indiquée en cet endroit était celle qu'on nommait *anaclétéries* (Drumann, p. 13 et suiv.). Il faut remarquer les différentes acceptions qu'a reçues dans l'inscription l'expression de παραλαμβάνειν τὴν βασιλείαν; l. 1 et l. 47, cette expression désigne l'avénement au trône de Ptolémée Épiphane, par suite de la mort de son père : l. 7 il s'agit au contraire de la cérémonie solennelle du couronnement à Memphis, laquelle n'eut lieu que neuf ans après. Cette double acception est indiquée avec intention dans les lignes 7 et 8 : Τῆς παραλήψεως τῆς βασιλείας... ἣν παρέλαβεν παρὰ τοῦ πατρός. J'ai traduit : *La prise de possession de la couronne...qu'il a héritée de son père.* On rentrerait peut-être mieux dans l'intention qui a dicté le décret, si l'on disait : *La prise de possession de la couronne... qu'il possédait [déjà] du chef de son père.* Nous apprenons par la ligne 6 que le couronnement eut lieu le dix-huit de Méchir : la date de l'avénement au trône (17 de Phaophi) n'est donnée que par le texte hiéroglyphique, l. 10.

L. 9. Ἐπειδὴ βασιλεὺς Πτολεμαῖος. Commencement de la seconde partie de l'inscription, laquelle contient les considérants du décret. J'ai divisé ces considérants en trois sections, dont la première comprend l'énonciation générale des bienfaits de Ptolémée Épiphane envers l'Égypte, la seconde, les détails de la victoire remportée sur les rebelles qui s'étaient renfermés dans Lycopolis, et la troisième, l'énumération des fondations religieuses du jeune prince.

L. 9. Τά τε ἱερὰ, καὶ τοὺς ἐν αὐτοῖς ὄντας, καὶ τοὺς ὑπὸ τὴν ἑαυτοῦ βασιλείαν τασσομένους. On peut croire d'abord que la distinction n'est établie ici qu'entre les habitants des temples, les membres de la caste sacerdotale nommés ἱερὰ ἔθνη ligne 17, et le reste des habitants de l'Égypte. Mais nous voyons l. 13 énumérés οἱ ἐν Αἰγύπτῳ καὶ οἱ ἐν τῇ λοιπῇ βασιλείᾳ αὐτοῦ, *le peuple de l'Égypte et tous ses autres sujets.* Ce sont ceux qu'à la l. 12 l'auteur du décret désignait plus brièvement par : ὁ λάος καὶ οἱ ἄλλοι πάντες. Il est évidemment question dans ce dernier passage des pays non égyptiens soumis à la domination de Ptolémée, et dont les principaux étaient Cypre, la Phénicie et l'Éthiopie.

L. 10. Ὑπάρχων θεὸς ἐκ θεοῦ καὶ θεᾶς, καθάπερ Ὧρος ὁ τῆς Ἴσιος καὶ Ὀσίριος υἱὸς, ὁ ἐπαμύνας τῷ πατρὶ αὐτοῦ Ὀσίρει. Voici encore une formule entièrement égyptienne, et qui ne peut être qu'une traduction scrupuleuse du texte hiéroglyphique : dans les inscriptions monumentales,

les rois sont perpétuellement comparés aux dieux. La phrase : *Orus, fils d'Isis et d'Osiris, vengeur de son père,* est des plus fréquentes. La fig. 6 en reproduit la transcription hiéroglyphique. Remarquez les formes insolites Ἴσιος pour Ἴσιδος, Ὀσίριος pour Ὀσίριδος. Sturz ne les a pas citées dans son livre : *De dialecto Macedonica.*

L. 11. Καὶ τὰ ἱερὰ καταστήσασθαι. La version d'Ameilhon : *et y élever des temples*, est inexacte. J'ai traduit comme Drumann : *und den vorigen Zustand der Tempel herzustellen.* Avant les découvertes de Champollion, il était difficile de comprendre ce que le décret avait voulu dire en parlant *du rétablissement des temples.* Mais on sait aujourd'hui avec quel zèle les rois Lagides avaient contribué à la restauration ou même à la réédification des édifices religieux élevés par les anciens Pharaons. On trouvera dans le tableau joint au Musée des Antiquités égyptiennes, la liste des monuments imités de ceux des plus anciennes époques, sur lesquels se lit aujourd'hui le nom de Ptolémée Épiphane.

L. 12. Ταῖς τε ἑαυτοῦ δυνάμεσιν πεφιλανθρώπηκε πάσαις.

Ameilhon traduit : *Qu'il n'a négligé aucun des moyens qui étaient en son pouvoir pour faire des actes d'humanité.* Drumann adopte la même interprétation : *Und alle seine Machtfülle zum Heil der Menschen angewandt.* Je crois qu'ici φιλανθρωπέω a principalement le sens de *libéralité,* parce que cette phrase me semble destinée à résumer tout le détail des présents qu'on prodigua pendant la minorité d'Épiphane au culte égyptien et à la caste sacerdotale. Le verbe φιλανθρωπέω est fort rare dans les auteurs de toutes les époques : mais on trouve fréquemment φιλανθρωπία chez ceux de l'époque alexandrine, dans le sens d'εὐεργεσία. Nous lisons dans l'inscription gravée sur la base d'un des deux obélisques de Philæ, et contenant une pétition adressée à Ptolémée Évergète II par les prêtres d'Isis, qu'on demande à ce roi la *permission d'élever une stèle où l'on inscrira le témoignage de générosité qu'il aura donné en cette occasion,* ἐπιχωρῆσαι ἡμῖν ἀναθεῖναι στήλην, ἐν ᾗ ἀναγράψομεν τὴν γεγονυῖαν ἡμῖν ὑφ' ὑμῶν περὶ τούτων ΦΙΛΑΝΘΡΩΠΙΑΝ (l. 20. cf. Letronne, *Recherches sur l'Égypte*, p. 333).

L. 14. Τοὺς ἐν αἰτίαις ὄντας, *ceux qui se trouvaient sous le coup d'accusations.* Drumann : *Die wegen Vergehen belangt waren,* et non pas, comme traduit Ameilhon, *ceux qui avaient été mis en jugement depuis long-temps.*

L. 16. Τὸ τελεστικὸν, *taille, contribution :* ce substantif, qui correspond pour le sens au verbe συντελέω, l. 17, 29 et 30, manque à tous les lexiques. Ameilhon entend par τὸ τελεστικὸν *le droit qu'on payait pour être initié aux mystères.*

L. 17. Τοῦ κατ' ἐνιαυτὸν εἰς Ἀλεξάνδρειαν κατάπλου. Le motif qui forçait les individus appartenant à la caste sacerdotale de se rendre chaque année à Alexandrie, n'a point été expliqué jusqu'à présent d'une manière satisfaisante. La décoration des temples égyptiens nous montre les Ptolémées, comme les anciens Pharaons, investis du sacerdoce suprême. L'obéissance des prêtres de l'ancien culte au gouvernement grec était basée sur cette reconnaissance du souverain pontificat dans la personne du monarque étranger. Peut-être, afin de s'assurer davantage de cette obéissance, avait-on jusque là forcé les membres de la caste sacerdotale à venir en personne rendre hommage dans une grande cérémonie annuelle au chef de la religion.

L. 19. Καθάπερ Ἑρμῆς ὁ μέγας καὶ μέγας, *à l'exemple d'Hermès le deux fois grand.* Ce titre donné *à Hermès* ou *Thoth,* par opposition avec un autre Hermès surnommé *le trois fois grand,* Τρισμέγιστος, est très fréquent dans les inscriptions hiéroglyphiques ; on peut en voir la transcription fig. 6 *bis*; cf. Champollion, *Panth. ég.* pl. 30. *Gr. Égypt.*, p. 331.

L. 19. Τοὺς καταπορευομένους κ. τ. λ. Drumann croit ici apercevoir une nuance entre le sens du mot καταπορευομένους et celui du mot κατελθόντας, et il compare καταπορεύομαι avec la phrase de Polybe (XXIII, 16) : Ἔδωκαν σφᾶς αὐτοὺς εἰς τὴν βασιλέως πίστιν. La version de ce savant ne contient, il est vrai, aucune trace de cette distinction. Dans les troubles qui se renouvelèrent en Égypte depuis la première révolte contre Ptolémée Philopator après la victoire de Raphia, jusqu'à la huitième année de Ptolémée Épiphane, c'est-à-dire, pendant un espace de plus de vingt ans, beaucoup de ceux du parti vaincu avaient dû se soustraire par la fuite au ressentiment de leurs adversaires. Le texte paraît indiquer, ainsi que je l'ai fait sentir dans la traduction, une véritable *émigration* des Égyptiens. En parlant des dispositions prises pour que les *émigrés rentrés* fussent, *à leur retour,* mis en possession de leurs biens, je crois avoir rendu l'intention des deux mots καταπορευομένους et κατελθόντας. Il ne peut être ici question des révoltés de Lycopolis, du sort desquels le décret s'occupe spécialement dans le paragraphe qui suit.

L. 20. Τῶν ἀλλότρια φρονησάντων. Ἀλλότρια φρονεῖν a ici le même sens qu'ἀλλοτριάζειν chez Polybe, XV, 22. Il ne désigne pas seulement, comme l'a cru Ameilhon prenant l'expression trop au pied de la lettre, *ceux dont les sentiments ont été opposés au gouvernement*, mais ceux qui ont passé du sentiment à l'action, c'est-à-dire à la révolte.

Προενοήθη δὲ ; .....Ici, le rédacteur du décret interrompt l'énumération des bienfaits généraux qui avaient été ordonnés au nom d'Épiphane en faveur des temples et de la caste sacerdotale, pour raconter la victoire que le roi venait de remporter au commencement de l'année même de son couronnement, sur les révoltés rassemblés dans Lycopolis, l'une des trois villes de ce nom en Égypte, celle-ci étant située dans le nome de Busiris, à peu de distance de l'embouchure Sebennytique du Nil. Le récit du siége de Lycopolis et de ses suites s'étend depuis la ligne 20 jusqu'à la ligne 28 du décret. A partir de cette dernière ligne jusqu'à la 36e, le rédacteur du décret rentre dans les motifs généraux de cet acte, et énumère principalement les fondations religieuses d'Épiphane, afin d'y joindre l'énoncé des dons que les dieux lui ont faits en récompense de sa piété : c'est encore ici une idée tout égyptienne, et dont on retrouve à chaque instant la trace dans la décoration religieuse des temples. Les dieux sont perpétuellement en dialogue avec les rois, et rendent à chaque manifestation extérieure de leur piété une somme proportionnée de faveurs. De même, Épiphane est agréable aux dieux, plus encore parce qu'il leur a donné directement, que par ses vertus ou par les bienfaits qu'il a laissé tomber sur son peuple.

Les divisions que nous venons de marquer ne sont pas tellement rigoureuses qu'on ne remarque encore quelques irrégularités dans la rédaction : ainsi les énonciations comprises dans les lignes 29 et 30, rentreraient plus naturellement dans la 3e partie du décret que dans la première ; mais c'est en vain qu'on chercherait dans les instruments les plus soignés de l'antiquité cette rédaction précise qui appartient à la rigueur d'esprit des modernes.

Le récit du siége et de la prise de Lycopolis forment un morceau d'histoire qui manque aux monuments littéraires que l'antiquité nous a légués. Polybe (XXIII, 16) fait seul une courte allusion à ces événements. On avait cru que cet historien avait placé la prise de Lycopolis l'an 20 du règne d'Épiphane ; mais M. Champollion-Figeac (*Annales des Lagides,* tom. II, p. 102-110) a fait voir d'une manière péremptoire que Polybe ne précisait rien à cet égard, et que son témoignage n'était point en contradiction avec le langage formel de l'inscription de Rosette.

Drumann (*l. c.* p. 9-13) a bien raconté les circonstances qui ont précédé le siége de Lycopolis ; il a montré que la révolte d'une partie des troupes égyptiennes devait remonter jusqu'à l'an V de Ptolémée Philopator (216 av. J.-C.), que jamais les troubles qui avaient commencé à cette époque n'avaient été apaisés ; que les premiers tuteurs de Ptolémée Épiphane, occupés à maintenir dans Alexandrie leur autorité chancelante, avaient été détournés de la repression de cette révolte, et qu'enfin Aristomène fut le premier qui, au bout de 23 ans, entreprit de rétablir en Égypte la tranquillité profondément compromise par les incursions des rebelles renfermés dans Lycopolis.

Ὅπως ἐξαποσταλῶσιν δυνάμεις ἱππικαί τε καὶ πεζικαὶ, κ. τ. λ. Personne n'a bien expliqué jusqu'ici dans quel but Épiphane avait ainsi expédié des troupes de cavalerie et d'infanterie, ainsi que des vaisseaux, aux frontières de l'Égypte. Ce pays était-il menacé d'une invasion? cela ne se concevrait guère au moment où la paix venait d'être signée avec Antiochus-le-Grand. On peut croire que le décret fait ici allusion à des précautions prises avant la conclusion du traité : l'an VI d'Épiphane, Antiochus-le-Grand, vainqueur de Scopas, général égyptien, avait occupé toute la Syrie : on dut songer alors aux moyens d'empêcher une invasion de l'Égypte, et les mesures prises en conséquence ayant prévenu cette invasion, contribuèrent sans doute à accélérer un rapprochement entre le roi de Syrie et celui de l'Égypte.

L. 21. Ἐκ πολλῶν τόπων ὀχυρώσας τὰ στόματα τῶν ποταμῶν.... Je suis ici l'indication de Drumann, lequel a bien vu qu'il ne s'agissait pas d'avoir fermé les embouchures du Nil, ce qui en effet aurait été un mauvais moyen de prévenir le progrès de l'inondation, mais d'avoir opposé de nouvelles digues à l'entrée des eaux dans les canaux qui suivaient la direction des plaines au milieu desquelles Lycopolis était située.

L. 26. Ἐν ὀλίγῳ χρόνῳ. Cela ne veut pas dire que le siége ait été court. Il avait fallu beaucoup de temps sans doute pour construire les ouvrages dont on avait environné la place, et les travaux avaient été interrompus par l'inondation : mais les assiégés avaient compté que la crue du Nil les délivrerait de leurs aggresseurs : l'effort vigoureux tenté pour détourner à tout prix les eaux du fleuve, et empêcher l'inondation des plaines de Lycopolis, fut couronné de succès. Le blocus continua malgré la saison, et les assiégés, découragés par cette persistance, cédèrent au premier assaut qui leur fut donné. C'est ainsi, du moins, que je comprends qu'Épiphane ait pu se féliciter de la promptitude avec laquelle il avait forcé Lycopolis à se rendre.

Καθάπερ Ἑρμῆς καὶ Ὧρος, κ. τ. λ. L'allusion à une tradition locale que contient ce passage n'est justifiée par aucun autre témoignage de l'antiquité. Les révoltés, vaincus autrefois par Hermès et Orus en ce lieu, obéissaient-ils au personnage mythologique que les Grecs ont désigné par le nom de Typhon? Orus, dans cette circonstance, était-il le vengeur de son père déjà renversé sous les coups de son antagoniste ? Ce sont là des questions auxquelles il semble impossible de répondre.

L. 27. Καὶ τὴν χώραν ἐ.... αντας. Première lacune du texte hiéroglyphique. Heyne : Χώραν ἐπιθρέξαντας *aut simile quid*. Porson : Χώραν ἐρημώσαντας. Un autre interprète propose : ἐκπέρσαντας. Le composé ἐπιπιέζω ne se rencontre pas dans les écrivains en prose : mais πιέζω est exactement le mot *fouler* en français, et dans notre langue, *fouler un pays* est un idiotisme élégant. Aurions-nous ici sous les yeux une nouvelle preuve de *la Conformité du langage français avec le grec*? Si l'on trouvait la conjecture trop hardie, il faudrait s'en tenir à l'ἐρημώσαντας de Porson.

L. 31. Τῷ τε Ἄπει καὶ τῷ Μνεύει πολλὰ ἐδωρήσατο. Ici l'on remarque la première coïncidence indubitable de ce qui reste du texte grec avec le texte hiéroglyphique. Cette partie du monument présente d'abord trois fragments de lignes, dont les caractères sont mal conservés, et sur l'interprétation desquels il n'a été rien tenté jusqu'à ce jour. *L'Analyse grammaticale et raisonnée* dont Salvolini avait entrepris la publication, ne commence qu'à la quatrième ligne, désignée comme ligne 1 par ce savant. Dès les premiers mots, on s'aperçoit avec quelle liberté le rédacteur de la partie grecque du décret a traité la version du texte hiéroglyphique. Ainsi le grec dit seulement : *a beaucoup donné à Apis et à Mnévis*, tandis que le texte sacré s'étend sur la nature de ces présents : .... *argentum et grana multa cum omnibus aliis collata in domum pabuli Apis*. Le texte grec avait parlé précédemment (l. 14) *des revenus des temples, et de ce qui leur est dû annuellement tant en blé qu'en argent, ainsi que des autres prélèvements établis en faveur des dieux*, τὰς προσόδους τῶν ἱερῶν, καὶ τὰς διδομένας εἰς αὐτὰ κατ' ἐνιαυτὸν συντάξεις σιτικάς τε καὶ ἀργυρικάς, ὁμοίως τε καὶ τὰς καθηκούσας ἀπομοίρας τοῖς θεοῖς, κ. τ. λ. Ici le texte hiéroglyphique paraît énoncer non-seulement ce qui revenait particulièrement à Apis de ces impôts religieux, mais encore ce que le roi y avait ajouté. *Domus pabuli*, ⲧⲏⲓ ⲛ̀ ⲥⲁⲛϣ est l'édifice que le grec désigne plus bas, l. 33, par τὸ Ἀπιεῖον, *la demeure d'Apis*. Comparez, chez Hérodote, Cambyse qui se venge sur Apis de ses désastres en Éthiopie (III 29) : Ὁ δὲ Ἆπις πεπληγμένος τὸν μηρὸν ἔφθινε ἐν τῷ ἱρῷ κατακείμενος. *Apis blessé à la cuisse, languit couché dans son temple et y mourut.* Rappelez-vous aussi la peinture si vive que Clément d'Alexandrie nous offre de la magnificence des temples de l'Égypte et du contraste de ces temples avec les hôtes qui les habitaient (*Pædag*. III, 2, t. 1, p. 253, Potter) : Οὐ γὰρ θεὸς ὁ ζητούμενος ἔνδον εὑρεθήσεται, ἐφ' ὃν ἐσπεύσαμεν, αἴλουρος δὲ ἢ κροκόδειλος ἢ αὐτόχθων ὄφις ἤ τι τοιοῦτον θηρίον, ἀνάξιον μὲν τοῦ νεὼ, χηραμοῦ δὲ ἢ φωλεοῦ ἢ βορβόρου ἀντάξιον· ὁ θεὸς Αἰγυπτίων ἐπὶ στρωμνῆς ἁλουργῆς καταφαίνεται κυλιόμενον θηρίον. *Le dieu que nous cherchions avec tant d'empressement n'est pas dans le sanctuaire, mais bien un chat, un crocodile, un serpent d'une espèce propre à l'Égypte, ou quelque bête semblable, digne, au lieu d'un temple, d'une tanière, d'une bauge ou d'un bourbier : le dieu des Égyptiens n'est qu'une bête immonde qui se vautre sur un tapis de pourpre.* Apis était de ce nombre : il habitait à Memphis un édifice voisin du temple de Vulcain (Strab. p. 555), et que Grégoire de Nazianze (*Oration.* XXXIX, tom. I, p. 626) désigne, comme le texte hiéroglyphique, sous le nom de *crèche, ou étable du bœuf Apis*, φάτνη Ἄπιδος μόσχου. On voit aussi, par le texte sacré, que le nom du bœuf ou plutôt du taureau Apis s'écrivait de la même manière (fig. 6 *ter*) que celui du génie à tête de cynocéphale, *Hapi*, dont l'effigie surmonte un des quatre vases funéraires connus sous la désignation vulgaire de *canopes*. Champollion, qui, dans le Panthéon égyptien, a publié des figures du taureau Apis, avec la légende propre au génie funéraire *Hapi*, n'a point expliqué les motifs de cette identité.

Le texte grec mentionne à la suite d'Apis, *Mnévis et les autres animaux sacrés de l'Égypte*, τῷ Μνεύει καὶ τοῖς ἄλλοις ἱεροῖς ζώοις τοῖς ἐν Αἰγύπτῳ ; mais il n'est nullement question de ces animaux dans le texte hiéroglyphique. En général, cette partie du monument est infiniment plus succincte que la rédaction grecque ; on peut en juger en comparant la traduction littérale de ce qui concerne Apis en égyptien, avec la longue énumération en grec de ce qui se rapporte aux animaux sacrés.

L. IV. (Salvolini, 1) .. *argentum et grana multa* cum aliis omnibus collata in domum pabuli Apis, et honorans sanctitatem suam cum ædificiis de lapidibus bonis probatis, celebravit Apim et ædificari præcepit templa, sanctuaria, aras. . . . .
. . . .
. . . .

ΤΩ ΤΕ ΑΠΕΙ καὶ τῷ Μνεύει **ΠΟΛΛΑ ΕΔΩΡΗΣΑΤΟ** καὶ τοῖς ἄλλοις ἱεροῖς ζώοις τοῖς ἐν Αἰγύπτῳ, πολὺ κρεῖσσον τῶν πρὸ αὐτοῦ βασιλέων φροντίζων ὑπὲρ τῶν ἀνηκόντων εἰς αὐτὰ διὰ παντὸς, τά τ' εἰς ταφὰς αὐτῶν καθήκοντα διδοὺς δαψιλῶς καὶ ἐνδόξως, καὶ τὰ τελισκόμενα εἰς τὰ ἴδια ἱερὰ μετὰ θυσιῶν καὶ πανηγύρεων καὶ τῶν ἄλλων τῶν νομιζομένων, τά τε τίμια τῶν ἱερῶν καὶ τῆς Αἰγύπτου διατετήρηκεν ἐπὶ χώρας ακολούθως τοῖς νόμοις · **ΚΑΙ ΤΟ ΑΠΙΕΙΟΝ ΕΡΓΟΙΣ ΠΟΛΥΤΕΛΕΣΙΝ ΚΑΤΕΣΚΕΥΑΣΕΝ**, χορηγήσας εἰς αὐτὸ χρυσίου τε καὶ ἀργυρίου καὶ λίθων πολυτελῶν

. . . . dant illi dei, etc.

πλῆθος οὐκ ὀλίγον· καὶ ἱερὰ, καὶ ναοὺς καὶ βωμοὺς ἱδρύσατο, τά τε προςδεόμενα ἐπισκευῆς προςδιορθώσατο, ἔχων θεοῦ εὐεργετικοῦ ἐν τοῖς ἀνήκουσιν εἰς τὸ θεῖον διάνοιαν· προςπυνθανόμενός τε, τὰ τῶν ἱερῶν τιμιώτατα ἀνανεοῦτο ἐπὶ τῆς ἑαυτοῦ βασιλείας ὡς καθήκει· **ΑΝΘΩΝ ΔΕΔΩΚΑΣΙΝ ΑΥΤΩ ΟΙ ΘΕΟΙ** κ. τ. λ.

J'ai souligné, dans la traduction latine de la partie hiéroglyphique, ce qui ne se trouve pas dans le grec, et j'ai fait imprimer en plus gros caractères ce qui, dans le texte grec, reproduit le texte égyptien. Il manque à celui-ci un peu plus du tiers de la ligne 4 et les premiers caractères de la ligne 5. C'était peut-être là qu'il était question de Mnévis, et des autres animaux sacrés ; en tous cas, il est difficile de supposer que cette portion aujourd'hui détruite ait reproduit plus de deux des idées principales contenues dans le texte grec, et dont nous ne possédons pas l'équivalent en hiéroglyphes. Je crois reconnaître la conclusion de l'incidence : πολὺ κρεῖσσον κ. τ. λ. *s'étant montré bien mieux intentionné en ce qui concerne les dieux sous tous les rapports, que les rois ses prédécesseurs*, dans les premiers caractères de la ligne V, dont Salvolini n'a point tenté l'interprétation. Cela admis, il est encore difficile de croire que toute la matière du texte grec ait figuré dans le décret égyptien. Salvolini a cru reconnaître (l. IV) le nom de Mnévis à la suite de celui d'Apis. Mais l'erreur de cet érudit est évidente. La transcription hiéroglyphique du nom de Mnévis, taureau consacré au soleil, et adoré à Héliopolis, comme Apis l'était à Memphis, est bien connue : Champollion l'a donnée dans son *Panthéon égyptien* (Pl. 38), et nous la reproduisons (fig. 7) d'aprés cet ouvrage. On remarquera que ces signes Uπεɪ, reproduisent dans un autre ordre les caractères affectés le plus ordinairement à la transcription du nom d'Ammon. Ce que Salvolini a pris pour le nom de *Mnévis* est un verbe précédé du *transitif* c (1), et dont nous ignorons la signification. Celle que nous lui attribuons ne résulte que de l'ensemble général du discours.

L. 33. Τά τε τίμια τῶν ἱερῶν κ. τ. λ. Ameilhon traduit : « Qu'il a eu soin que les droits des « temples et ceux de l'Égypte fussent conservés dans le pays, conformément aux Lois. » La version de Drumann est toute différente : *Da er alles, worauf die Ehre und das Ansehen der Tempel in Ægypten beruhet, wie es sein soll, unverændert gelassen.* « Qu'il a « conservé sans y rien changer, et conformément à ce qui doit être, tout ce qui fait l'hon« neur et l'éclat des temples en Égypte. » Ce passage, ajoute l'habile interprète, s'explique par ce que les prêtres disent, l. 35 : Προςπυνθανόμενός τε τὰ τῶν ἱερῶν τίμιώτατα ἀνανεοῦτο.. . ὡς καθήκει. Évidemment à τὰ τίμια répond τὰ τιμιώτατα, ἀνανεοῦτο à διατετήρηκεν ἐπὶ χώρας, ὡς καθήκει à ἀκολούθως τοῖς νόμοις. — διατηρεῖν ἐπὶ χώρας veut dire *ne pas ôter de sa place, laisser en son lieu ; dans son premier état*, comme μένειν ἐπὶ χώρας, *rester dans son ancien état*. L. 16. — Villoison (2)

(1) Champollion *Gr. Egypt.* p. 442.
(2) *Mag. Encycl.* IXe année, tom. II, pag. 314.

a déjà démontré l'inexactitude de la phrase employée par Ameilhon, *conserver dans le pays*.— On préférera peut-être le sens adopté par Drumann pour l'expression τὰ τίμια à celui que nous lui avons donné : on ne peut nier que le rapport de τὰ τίμια et de τὰ τιμιώτατα ne soit frappant ; Épiphane a *conservé* les choses précieuses ; il a *renouvelé* celles qui l'étaient le plus. La phrase τὰ τε τίμια, κ. τ. λ., telle que Drumann l'a comprise, paraît être une introduction à ce qui va suivre et aux détails des fondations sacrées d'Épiphane. Cependant, en adoptant cette version, on serait forcé de faire honneur à Épiphane *d'avoir respecté les lois qui protégeaient la conservation des choses sacrées dans les temples*, ce qui ne serait pas un magnifique éloge, ou bien l'on devrait entendre par ἀκολούθως τοῖς νόμοις, *conformément à l'usage*, *à ce qui doit être*, ce qui ne laisse pas que de présenter quelque difficulté, οἱ νόμοι, dans un décret, ne pouvant être détourné du sens précis et sacramentel de l'expression. Quoi qu'en ait dit Drumann, on ne comprendrait pas trop d'ailleurs ce que seraient τὰ τίμια τῆς Αἰγύπτου : la traduction de l'habile philologue n'est point ici très fidèle, et il nous semble qu'il franchit trop légèrement une assez grande difficulté. Notre version n'a pas les mêmes inconvénients. Sans doute, si on l'admet, la phrase intercalée a peu de rapport avec ce qui précède et ce qui suit ; mais nous avons déjà remarqué de pareilles incohérences (V. le commentaire de la ligne 20, p. 21). On ne trouve pas non plus que les expressions se correspondent dans le décret avec une rigoureuse exactitude : comparez ce que nous disions plus haut (commentaire de la ligne 1, p. 12) des deux sens différents affectés au mot βασιλεία. Le lecteur jugera si je n'ai pas mieux fait d'adopter un sentiment qui m'a permis de reproduire l'ordre du texte original sans aucune altération.

L. 35. Καὶ τὸ Ἀπιεῖον ἔργοις πολυτελέσιν κ. τ. λ. L'incertitude qui pourrait subsister sur l'interprétation rigoureuse de ce passage est détruite par l'interprétation de la phrase correspondante du texte hiéroglyphique. On ne sait en effet d'abord s'il est ici question de vases précieux ou d'autres meubles, dont Épiphane aurait orné le temple d'Apis, ou de l'emploi d'or, d'argent et de pierres précieuses dans la décoration architectonique de cet édifice. Mais nous lisons dans l'inscription hiéroglyphique, que le roi a *honoré la sainteté d'Apis par des édifices en pierres bonnes et précieuses*. Cette version paraît certaine, quoiqu'elle diffère à certains égards de celle qu'a proposée Salvolini dans son *Analyse de l'inscription de Rosette*. J'ai déjà relevé l'erreur de cet érudit, qui a cru voir le nom de Mnévis dans le verbe qui commence ce membre de phrase, verbe dont la valeur précise nous est inconnue, mais dont l'intention se déduit du contexte de la phrase entière. Le même interprète n'a pas été plus heureux dans la traduction du dernier mot de ce membre de phrase : il a cru y reconnaître un groupe désignant *des vêtements sacrés ;* mais on ne comprend guère comment des *vêtements sacrés* pourraient trouver ici leur place. Le groupe hiéroglyphique, bien que laissant subsister quelque incertitude, ne nous en semble pas moins répondre à l'expression, qui dans la plupart des textes sert à désigner les pierres dures. Voyez les différents exemples cités par Champollion, *Gramm. Ég.*, p. 100. L'idée d'une *chose précieuse*, dont l'authenticité a besoin d'être constatée par un examen scrupuleux, est rendue par le symbole, ou le nom phonétique de la déesse *Tmé*, la *Justice* personnifiée. Quand cette déesse n'est pas représentée par son symbole le plus ordinaire, la *coudée*, elle est figurée elle-même en *déterminatif*, avec sa coiffure surmontée d'une *plume d'autruche*, autre symbole de la même divinité, presque aussi fréquent que la *coudée*. Le groupe hiéroglyphique de notre inscription a pour déterminatif *la plume d'autruche* (simple et non double comme l'a cru Salvolini); il renferme le ⲙ, un des éléments du nom de *Tmé*. Le ⲥ qui précède le ⲙ, autoriserait la lecture ⲥⲙⲉ du nom de cette déesse que nous trouvons dans le *Précis du système hiéroglyphique* (Tableau, n° 51). Enfin le dernier caractère de ce groupe, s'il est, comme l'a cru Salvolini, le *paquet noué* (Champ. *Gr. ég.* p. 81), ne se rapporte pas pour cela nécessairement à une étoffe. Ce caractère offre une ressemblance frappante avec celui qui, dans les textes hiéroglyphiques, désigne le grès (*Gr. Egyp.*, p. 100, 442, note 3, etc.). Comparez d'ailleurs (fig. 8) ce caractère avec celui qui paraît dans le plus grand nombre des cas (*Gr. Egypt.* p. 100) affecté comme déterminatif au *grès*, mais qui cependant, comme le prouve l'inscription de Rosette l. XIV, doit avoir désigné toute espèce de matière dure. Les deux caractères semblent être deux variantes d'un seul et même signe.

Pour en revenir à la phrase de l'inscription de Rosette, les *constructions* en *pierres précieuses* du texte hiéroglyphique doivent répondre aux ἔργα πολυτελῆ et aux λίθοι πολυτελεῖς du texte grec. Nous retrouvons identiquement les mêmes expressions dans le tableau que Lucien (*Imagin.* XI) nous présente de la décoration d'un temple égyptien : « *Les Egyptiens ont des temples aussi remarquables par leur beauté que par leur grandeur, décorés de pierres précieuses, brillants d'or et de peintures* : κἀκεῖ γάρ, αὐτὸς μὲν ὁ νεὼς καλλιστός τε καὶ μέγιστος, λίθοις τοῖς πολυτελέσιν ἠσκημένος, καὶ χρυσῷ καὶ γραφαῖς διηνθισμένος. Clément d'Alexandrie (*Pædag.* III, 2, p. 252, Potter), en paraphrasant ce passage de Lucien, précise l'emploi des diverses matières consacrées par Épiphane à la décoration du temple d'Apis : « Les murs brillent de pierres étrangères, ornées de peintures d'une admirable perfection. Les *naos* (je crois qu'il est ici question des *chapelles portatives*) éclatent d'or, d'argent et d'electrum, et on y voit mêlées de petites pierres apportées de l'Inde et de l'Éthiopie... » τοῖχοι δὲ ἀποστίλβουσι ξενικοῖς λίθοις καὶ γραφῆς ἐντέχνου οἷς ἐνδεῖ οὐδὲ ἕν, χρυσῷ δὲ καὶ ἀργύρῳ καὶ ἠλέκτρῳ παραστίλβουσιν οἱ ναοὶ, καὶ τοῖς ἀπὸ Ἰνδίας καὶ Αἰθιοπίας πεποικιλμένοις μαρμαίρουσι λιθιδίοις. On voit par là qu'il est impossible de douter de l'emploi architectonique des diverses matières indiquées par l'inscription, bien qu'on n'en ait conservé aucun exemple, et que nous ayons peine surtout à nous figurer comment l'argent était mis en œuvre. Les textes hiéroglyphiques indiquent l'existence de vases et de statues d'argent dans les temples; on a des figures de bronze incrustées d'argent, et même des figurines entièrement de ce métal : mais cela ne suffit pas pour résoudre la difficulté qui nous occupe. Ne serait-il pas possible que le texte qui renferme une lacune en cet endroit eût été ainsi complété dans l'original : Χρυσίου τε κ[αὶ ἠλέκτρου καὶ λίθων ? Mais alors que signifie la description de saint Clément d'Alexandrie, est-ce l'*ambre*, est-ce le mélange d'or et d'argent, connu sous le nom d'*Electrum*? L'*or*, l'*argent* et *les pierres* du commencement de la ligne dans le texte hiéroglyphique désignent des *valeurs* concédées à Apis et non des *matériaux* employés à la décoration de son temple : cette énumération répond au πολλὰ ἐδωρήσατο de la ligne 31.

L. 35. Προσπυνθανόμενός τε, τὰ τῶν ἱερῶν τιμιώτατα ἀνανεοῦτο ἐπὶ τῆς ἑαυτοῦ βασιλείας ὡς καθήκει. La partie correspondante à cette phrase dans le texte hiéroglyphique a été détruite sur le monument. Drumann traduit : *Da er überdiess, nachdem er sich darüber berichten lassen, die Tempel während seiner Regierung wieder mit Kostbarkeiten versehen, wie es sich geziemt*; et en effet ἐπὶ τῆς ἑαυτοῦ βασιλείας ne paraît guère pouvoir se rendre autrement que par : *pendant son règne* : mais qui ne s'aperçoit qu'une telle phrase renferme une tautologie presque ridicule ? Il est bien évident que c'est *pendant son règne* qu'Épiphane a fait tout ce qu'il a fait en Égypte. L'étude des monuments égyptiens m'a fourni, je crois, le moyen de résoudre cette difficulté. Ç'a été, à toutes les époques, l'usage en Égypte d'inscrire sur les objets souvent les plus indifférents le nom du prince pendant le règne duquel ils avaient été exécutés; à plus forte raison, une telle coutume a-t-elle prévalu dans les travaux dont la destination était publique ; elle s'est maintenue sous les rois grecs et sous les empereurs romains : nous voyons, en particulier, le nom d'Épiphane inscrit en mille endroits des restaurations qui furent exécutées à Thèbes sous le règne de ce prince. Ces considérations m'ont engagé à rapporter à cet usage la phrase ambiguë du texte grec, et à traduire ἐπὶ τῆς ἑαυτοῦ βασιλείας par : *à son nom* (*comme roi*), c'est-à-dire avec le signe officiel de sa royauté, qui consistait dans la réunion des deux cartouches royaux. On a vu précédemment (p. 12) les deux acceptions que le rédacteur du décret a données au mot βασιλεία : ce mot signifie tour à tour *royauté* et *couronne* : mais βασιλεία ne désigne la couronne qu'en tant qu'elle est un signe extérieur de la royauté ; et l'on ne peut nier que le nom sacré des rois n'ait joué exactement et plus fréquemment encore le même rôle dans l'ancienne Égypte.

Ἀνθ' ὧν δεδώκασιν αὐτῷ οἱ θεοὶ κ. τ. λ. Ici recommence la concordance du texte grec et du texte hiéroglyphique. Les premiers caractères que l'on trouve sur la ligne V (2 de Salvolini) n'ont point été expliqués. Peut-être doit-on y reconnaître la transcription du mot copte : ⲁⲥⲟⲩ, *pretium*, dans le sens de *récompense* : *en récompense de quoi les dieux*, etc. Suit un groupe composé d'un signe dont la valeur n'est pas connue, et des deux feuilles de roseau, symboles de l'idée de royauté : les groupes suivants : *dant* | *illi* | *dii deæ(que)* |

virtutem | *victoriam*, ne présentent pas de difficultés sérieuses. Dans le groupe qui vient ensuite, l'adjectif joint à la *croix ansée* (*vitam*), et dont le sens est bien, ⲤⲘⲎⲚ, *stabilem*, pourrait bien être exprimé par *l'os de caille* qu'Horapollon désigne comme un symbole de *durée et de solidité* (II, 10) : ὄρτυγος ὀστέον ζωγραφούμενον, διαμονὴν καὶ ἀσφάλειαν σημαίνει, διότι δυσπαθές ἐστι τὸ τοῦ ζώου ὀστέον : *l'os de la caille désigne la durée et la solidité : cette dernière qualité appartient en effet à l'os de cet oiseau. L'os de la caille* ne peut être que l'os principal, c'est-à-dire l'épine dorsale : le symbole égyptien (fig. 9) représenterait alors l'épine accompagnée des deux os lombaires, et la ligne concave tracée au-dessous indiquerait la courbe du croupion. Si notre observation était exacte, il deviendrait inutile de substituer ὄρυγος à ὄρτυγος dans le texte d'Horapollon, comme l'ont proposé Hœschel et de Pauw, et comme M. Leemans a paru tenté de le faire encore dernièrement.

Les groupes qui suivent : *Cum* | *aliis omnibus* | *bonis*, ont été transcrits et expliqués par Champollion, dans sa *Gramm. ég.* p. 315. La phrase égyptienne se termine par un groupe dont le sens est : *pro illis*. La valeur du second caractère de ce groupe est incertaine.

L. 35. Τῆς βασιλείας διαμενούσης κ. τ. λ. La partie correspondante du texte hiéroglyphique a été transcrite et interprétée, à l'exception du premier caractère et du dernier groupe, par Champollion (*Gramm. égypt.* p. 429). L'analyse de cette phrase donne le résultat suivant : *(ad) gloriam (ejus)* | *magnam* | *stabiliendam* | *super eum* | *et* | *progeniem* | *ejus in æternum*.

Ἀγαθῇ τύχῃ. Cette invocation superstitieuse qui se trouve si souvent inscrite en tête des décrets d'une origine grecque, a été constamment traduite en français par ces mots : *A la bonne Fortune* ! Mais cette phrase ne rend point l'intention du discours, à moins qu'on ne l'entende dans le sens de cette expression triviale : *Au petit bonheur* ! Évidemment, l'intention des anciens a toujours été de placer les mesures qu'ils décrétaient sous la protection de ce pouvoir absolu et capricieux, qui n'était point la Providence, mais le *Destin* ou *la Fortune*. Notre version : *Sous l'invocation de la Fortune*, moins littérale, nous paraît plus exacte, quant à l'intention. Cette partie du texte grec est représentée dans le texte hiéroglyphique par un groupe suivi du symbole bien connu de l'idée de *bonté*, le théorbe. Le rapport de ce groupe avec l'idée de la *Fortune* n'est point connu.

Ἔδοξεν τοῖς ἱερεῦσι τῶν κατὰ τὴν χώραν ἱερῶν πάντων. A cette expression : *Les prêtres de tous les temples de l'Egypte*, correspond la formule hiéroglyphique : *Sacerdotibus* | *Ægypti* | *superioris* (*et*) *inferioris* (Champollion, *Gramm. égypt.* p. 192). Les deux groupes qui précédent et qui répondent à ἔδοξεν n'ont point été compris par Salvolini. Cependant le second groupe se lit bien clairement : *In cor*, et le premier en tête duquel se trouve un caractère presqu'effacé, renfermant le déterminatif des verbes de *mouvement* (*les deux jambes*); on n'est pas exposé à se tromper de beaucoup en interprétant les deux groupes par : *Subiit cor.* Salvolini, qui n'a pas connu à ce qu'il paraît l'usage indépendant de la formule ἀγαθῇ τύχῃ, a traduit ainsi le texte grec (*Anal.* p. 242) : *Et la bonne fortune a fixé dans la pensée des prêtres*, etc... Nous n'avons pas besoin de relever ce que cette erreur a de singulier.

Τὰ ὑπάρχοντα τίμια πάντα κ. τ. λ. Ici recommence une nouvelle lacune dans le texte hiéroglyphique, et la concordance ne reprend qu'à partir des mots Θεῶν Σωτήρων au commencement de la ligne 38. Voici ce que produit l'analyse du texte hiéroglyphique (l. VI, 3e de Salvolini).... *eorum* | *cum* | *diis* | *Soteribus*. Au-delà se trouvent plusieurs groupes que Salvolini traduit par : *Genitoribus* | *parentum* | *eorum*, appuyant cette version beaucoup moins sur une analyse satisfaisante des caractères, que sur un rapprochement avec la partie correspondante du texte démotique, que nous ne sommes pas en état d'apprécier. Le groupe (fig. 10), que Salvolini traduit par *parentes*, se reproduit dans la ligne suivante avec une acception évidemment très différente. Quant au groupe *dii Soteres* (au duel), destiné à rappeler Ptolémée Soter et la première Bérénice, la signification en est indubitable, et le symbole qui reproduit ici le nom de *Soter* ou *Sauveur* a la même signification, soit dans la phrase : *Orus, vengeur de son père*, soit dans les monuments destinés à rappeler le fondateur de la dynastie des Lagides. Salvolini a traduit τὰ τίμια par les *insignes*, au lieu de : *les honneurs*, ce qui est pourtant la véritable signification.

L. 38. Στῆσαι δὲ τοῦ αἰωνοβίου κ. τ. λ. Cette phrase est une de celles où la traduction hiéroglyphique se rapproche le plus du texte grec ; il ne manque, pour que la version soit rigoureusement exacte, que les signes qui auraient dû correspondre aux mots : Ἐν ἑκάστῳ ἱερῷ ἐν τῷ ἐπιφανεστάτῳ τόπῳ. Ces mots, qui forment une incidence dans le grec, constituaient peut-être à eux seuls une phrase à part dont le commencement peut se trouver à la fin de la ligne VI : .. *ille Ptolemæus.* L'analyse de ce qui précède se retrouve presque complétement dans la *Grammaire égyptienne* : *Similiter* | *erigendum curare* | *simulacrum* | *regis* (1) | *Ptolemæi viventis in æternum a Vulcano dilecti* | *dei Epiphanis* | *domini beneficiorum* | *dicto* | *nomine ejus* | *Ptolemæi*, | *vindicis* | *Ægypti* (2).

La partie de l'Analyse publiée par Salvolini s'arrête au mot *simulacrum regis*.

L. 39. Ἧι παραστήξεται ὁ κυριώτατος θεὸς κ. τ. λ. Cette phrase, jusqu'aux mots : τὸν εὐπρεπέστατον τρόπον, manque entièrement dans le texte hiéroglyphique. Il est à regretter que nous ne puissions pas connaître par le moyen de ce texte quel était l'ὅπλον νικητικὸν que le dieu principal de chaque temple devait présenter au roi ; ὅπλον ne veut pas dire seulement une *arme*, mais encore toute espèce d'ustensile ou d'instrument. L'ὅπλον νικητικὸν pourrait donc être ce sceptre surmonté d'une plume d'autruche, emblème de victoire, que présente

(1) Page 429.
(2) Page 277 et 429.

au roi Rhamsès II *le fils de l'Éthiopie,* probablement le gouverneur ou satrape de cette province, dans un bas-relief dédicatoire sculpté sur le roc à l'extérieur du petit *spéos* d'Ibsamboul (Champollion, *Mon. de l'Eg. et de la Nubie,* pl. IV). Mais ὅπλον νικητικὸν paraît signifier précisément *l'arme qui conduit à la victoire, qui donne la victoire,* et si cette observation est exacte, on ne peut s'empêcher de reconnaître ici la *harpé,* arme qui paraît avoir eu dans la doctrine religieuse des Égyptiens un sens supérieur, et qu'on remarque souvent dans la main non-seulement des rois, mais encore des dieux. Deux bas-reliefs de l'intérieur du petit *spéos* d'Ibsamboul (Champ. *Mon. de l'Ég. et de la Nubie,* pl. VIII, n°s 1 et 2), nous font voir Rhamsès II frappant ses ennemis renversés, tandis qu'*Aroëris* dans l'un, *Ammon-Ra* dans l'autre lui présentent la *harpé,* en lui disant ces mots : *Je te donne de gouverner l'Égypte et de vaincre tes ennemis.* Nous trouvons là, ce semble, une explication tout à fait satisfaisante de l'ὅπλον νικητικὸν de l'inscription, et c'est pour cela qu'au lieu du *symbole de victoire,* comme nous avions d'abord traduit, on lit à présent dans notre traduction : *L'arme de la victoire.* Maintenant, en quoi consistait cette *figure, ce portrait,* εἰκόνα, qu'on devait élever, στῆσαι, à Ptolémée Épiphane, dans tous les temples de l'Égypte, et près de laquelle devait être placé le dieu principal du temple? Faut-il nécessairement entendre par là, comme l'ont fait les précédents interprètes, un *groupe ronde-bosse* de deux figures, en bois sculpté ou en métal, ou bien est-il permis, malgré l'expression στῆσαι, de ne reconnaître ici qu'un bas-relief semblable à ceux que nous décrivions tout à l'heure, et comme on en trouve tant dans les monuments de l'époque des Ptolémées? La première supposition n'est point absolument improbable ; mais la seconde a pour elle l'autorité des exemples, et il ne nous semble pas que le texte s'oppose à ce qu'on l'admette. C'est dans cette dernière intention que notre version a été rédigée.

L. 39. Ἃ ἔσται κατεσκευασμένα [τὸν εὐπρεπέστατον] τρόπον. Heyne a rempli la lacune par εἰς τὸν τιμιώτατον. Porson proposait τὸν ἐπιχώριον. La restitution que nous avons adoptée nous paraît mieux répondre à l'expression précédente : Ἐν τῷ ἐπιφανεστάτῳ τόπῳ. On peut d'ailleurs varier sur le mot propre à insérer ici, sans jamais pouvoir s'éloigner beaucoup de la vraisemblance.

L. 40. Καὶ τοὺς ἱερεῖς θεραπεύειν κ. τ. λ. Ici recommence, avec la ligne VII, la concordance du texte grec et du texte hiéroglyphique. Au grec : Καὶ τοὺς ἱερεῖς θεραπεύειν τὰς εἰκόνας τρὶς τῆς ἡμέρας, répond, dans la partie hiéroglyphique, une phrase beaucoup plus développée, et dont le commencement manque : . . . . . *quotidie* | *super* | *nomen ejus* | *ministrare* | *ad imagines* | *illas,* | *ter* | *intra* | *diem* : cette phrase, à partir du mot *ministrare,* est citée dans la partie encore inédite de la *Grammaire égyptienne*, p. 772 du manuscrit original. Le mot *imagines* y est exprimé au duel par les deux figures, l'une du roi et l'autre du dieu. Cette particularité, que les prêtres devaient adorer ces figures trois fois par jour, ne détruit pas ce que nous avons dit précédemment sur la nature des images adorées. Par des observations que nous avons faites directement sur les bas-reliefs du grand temple de Philæ, nous savons que les figures de ces bas-reliefs étaient en certaines occasions soumises aux opérations du stolisme (V. plus haut, p. 16). Il faut se rappeler, quand il est question des cérémonies célébrées dans l'intérieur des temples de l'Égypte, combien les figures de ronde-bosse y étaient rares. C'étaient en général les animaux sacrés qui faisaient l'office du symbole principal de la divinité à laquelle chaque temple était consacré.

Καὶ παρατιθέναι αὐταῖς ἱερὸν κόσμον. Ce membre de phrase et les deux autres qui suivent sont rendus fidèlement et presque mot à mot dans le texte hiéroglyphique. La traduction du premier passage n'a point été donnée par Champollion dans la *Grammaire égyptienne*, et présente quelques difficultés. Je lis d'abord bien clairement *: et | facere*. Puis vient un caractère symbolique qui semble être une *corbeille surmontée de trois plumes d'autruche*. Les plumes d'autruche comptaient, chez les Égyptiens, parmi les principaux objets de parure; on peut supposer que la corbeille ou le coffret que surmontent les plumes était rempli de bijoux et d'étoffes précieuses qui servaient à habiller et à parer les dieux. Cette opération était ce qu'on appelait le *stolisme*, et les objets contenus dans la corbeille sont précisément l'ἱερὸς κόσμος du texte grec. Je traduis le groupe suivant par : *In præsentia eorum*. ⲙ̀ⲧⲟ exprimé par le signe phonétique de l'ⲙ et le *phallus* se trouve dans la *Gr. égypt.* p. 56.

Καὶ τ' ἄλλα τὰ νομιζόμενα συντελεῖν. Le passage du texte hiéroglyphique qui répond à ce membre de phrase est rapporté *Gr. égypt.* p. 315. L'analyse des caractères donne le résultat suivant: *(et) patrare illis | alios omnes | ritus |*. Le dernier groupe, que Champollion interprète par *rite* ou *cérémonie*, est précisément celui que Salvolini voulait expliquer, dans l'analyse de la ligne VI, par *parents, ancêtres*. Je ferai observer que Champollion, pour lire *alios omnes*, a cru que le texte original renfermait la formule usitée en pareil cas (fig. 10 *bis*), tandis que sur le monument nous croyons voir *une tête de profil* accompagnée d'une *jambe pliée*, sur la corbeille, symbole accoutumé de l'idée *tout* ou *seigneur* (fig. 10 *ter*). Nous ne comprenons pas bien les groupes suivants. *Le porte-enseigne surmonté de deux bras ouverts*, est-il destiné à exprimer l'idée de *religion* ou de *culte*, et faudrait-il traduire la fin de ce passage par : *Ritus religionis | eorum*? Les habiles en jugeront.

Καθὰ καὶ τοῖς ἄλλοις θεοῖς ἐν [ταῖς κατὰ τὴν χώραν πα]νηγύρεσιν. Le sens général de ce membre de phrase ne peut être douteux. Le moyen de combler la lacune, comme on le verra tout à l'heure, m'est fourni par le texte hiéroglyphique. La forme ταῖς κατὰ τὴν χώραν πανηγύρεσιν répond au τῶν κατὰ τὴν χώραν ἱερῶν de la l. 7. La phrase correspondante du texte hiéroglyphique est donnée par Champollion dans la partie encore inédite de la *Grammaire égyptienne*; l'analyse fournit le résultat suivant : *Sicut* | *fit* | *pro diis regionum* | *in conventibus sacris* | *templorum* | *Ægypti* | *et in diebus* | *festis*. L'idée *regiones* est exprimée par le plan trois fois répété d'une campagne divisée pour la culture. Ce que j'exprime par : *templa Ægypti* est rendu, à proprement parler, *par les temples du pays*. Cette observation m'a conduit à adopter la restitution : ταῖς κατὰ τὴν χώραν πανηγύρεσιν au lieu de ταῖς κατὰ τὴν Αἴγυπτον, qu'on aurait pu proposer. Au commencement de la ligne 48, le fragment de mot. . . . γυπτον fournit la formule : κατὰ τὴν Αἴγυπτον. Le mot χώραν qui se trouve au commencement de la ligne 50 indique un second emploi de l'autre formule : κατὰ τὴν χώραν.

Après la phrase dont nous venons de nous occuper, le texte hiéroglyphique en commence une autre qui manque au texte grec : *et* | *celebrare* | *diem* | *ad nomen ejus* | *similiter,* | *natalem* | *diem* | *Regis*. . . . La version de cette phrase jusqu'à *ad nomen ejus* se trouve dans la partie encore inédite de la *Grammaire égyptienne*. La fête dont il est ici question est bien rappelée plus loin, l. 46 du texte grec : καὶ ἐπὶ τὴν τριακάδα τοῦ Μεσορὴ, ἐν ᾗ τὰ γενέθλια τοῦ βασιλέως ἄγεται ; mais le rédacteur a omis de mentionner l'institution de cette fête : l'hiérogrammate est plus exact en ce point, et c'est ainsi que se trouve confirmée l'observation que nous avons faite précédemment (p. 23) sur les rapports inégaux qui existent dans la proportion des deux textes.

L. 41. Ἱδρύσασθαι δὲ βασιλεῖ Πτολεμαίῳ κ. τ. λ. Cette phrase suit immédiatement dans le grec le mot πανηγύρεσιν. Dans le texte hiéroglyphique, après l'hiéroglyphe symbolique de l'idée *panégyrie* accompagné du signe du pluriel, on trouve des caractères dont l'analyse donne le résultat suivant : *Templorum* | *AEgypti* | *et (in)* | *diebus* | *festis* | *et* | *celebrare* | *diem* | *nominis ejus* | *similiter* | *natalem* | *diem* | *regis*..... Ainsi à l'expression *des grandes panégyries*, le texte égyptien ajoute le complément : des *temples de l'Égypte* (Champollion, *partie inéd. de la Gram. égyp.*, p. 787 du manuscrit original), et il institue ensuite la *célébration du jour éponyme et du jour de naissance du roi*. Ces deux jours sont désignés plus loin, l. 46 et 47 du texte grec. Le jour de naissance est bien le 30 de Mesori, ἐν ᾗ τὰ γενέθλια τοῦ βασιλέως ἄγεται, et le jour proprement éponyme paraît être celui de l'avénement au trône, ἐν ᾗ παρέλαβεν τὴν βασιλείαν παρὰ τοῦ πατρός. Mais l'institution de ces fêtes est considérée comme déjà établie par la rédaction grecque, tandis que le décret égyptien s'occupe de les instituer. Voyez ce que nous avons dit plus haut p. 23, de la disproportion qui existe dans la distribution des matières que comprend chacune des formes du décret. A présent que nous sommes arrivés au protocole religieux, nous verrons désormais le texte hiéroglyphique excéder le texte grec en développement.

Nous ne trouvons dans ce qui reste du monument hiéroglyphique rien qui réponde à cette partie du grec : *Qu'il serait consacré au roi Ptolémée, dieu Épiphane très gracieux, fils du roi Ptolémée et de la reine Arsinoé, dieux Philopators, une statue et un naos*; les caractères par lesquels commence ce qui reste de la ligne VIII (5 de Salvolini) donnent à l'analyse le résultat qui suit : *statuam* | *de* | *puro* | *auro* ; ce qui répond au ξοανόν τε καὶ ναὸν χρυσοῦν du grec, avec cette différence que l'énoncé du naos, dans le texte égyptien, doit avoir précédé ce qui se rapporte à la statue.

L. 42. Καὶ καθιδρύσαι ἐν τοῖς ἀδύτοις. L'analyse du commencement de la ligne hiéroglyphique VII n'a été donnée jusqu'ici par personne, et paraît présenter de sérieuses difficultés. Après les groupes qui expriment évidemment : *Statuam* | *de* | *puro* *auro*, on trouve huit autres groupes qui correspondent au grec :'Εν ἑκάστῳ τῶν ἱερῶν... ἐν ἀδύτοις. Le membre de phrase : Μετὰ τῶν ἄλλων ναῶν est traduit par des signes dont voici le sens : *Cum* | *sacellis* | *deorum* | *regionum* (Champ., partie inéd. de la *Gram. égyp.*, p. 744 du manuscrit original). Je fais remarquer à ce propos que Champollion a donné une transcription inexacte des caractères qui précèdent immédiatement le membre de phrase que je viens de rapporter : il ne faut pas oublier qu'on n'a que le premier jet de cette partie de la grammaire, et que l'auteur n'a pas eu le temps de revoir ce complément de son ouvrage.

Au reste, le texte hiéroglyphique explique clairement ce qu'on doit entendre par les ναοὶ du texte grec ; déjà, l. 34 nous avons vu les ναοὶ distingués des ἱερὰ ou *temples* et des βωμοὶ ou *autels* ; ici le texte hiéroglyphique nous montre la figure d'une édicule portative avec l'indication des traverses qui servaient à la mettre en mouvement dans les occasions solennelles. Ces édicules étaient non en or pur, mais en bois doré. Voyez à cet égard Drumann, p. 212 : ce savant a bien vu en quoi consistaient les ναοὶ de l'inscription.

Après la phrase qui finit par : *deorum* | *regionum*, | suivent, dans le texte égyptien, deux groupes dont l'analyse ne m'est pas connue, les signes : *grandes panégyries* et un membre de phrase qui répond à : 'Εν αἷς ἐξοδεῖαι τῶν ναῶν γίνονται, avec cette différence que le texte égyptien n'offre point ici la figure du *naos*, mais celle de la statue. Le membre de phrase qui vient immédiatement après :καὶ τὸν τοῦ θεοῦ 'Επιφανοῦς Εὐχαρίστου ναὸν συνεξοδεύειν, est traduit, dans le texte hiéroglyphique, par : *Similiter* | *educere sacellum* | *(et)statuam* | *dei Epiphanis* | *domini beneficiorum* | *cum illis* (Champollion, *Gram. égyp.* partie inéd., p. 745 du manuscrit) ; c'est-à-dire que le décret égyptien prescrit de porter dans les processions sacrées, le *naos* et la *statue* du roi, tandis que le grec ne parle que du *naos*.

L. 43. Ὅπως δ' εὔσημος ᾖ νῦν τε κ.τ.λ. Nous lisons au lieu correspondant du texte hiéroglyphique : *Afin que soit* | *distingué* | *ce naos* (Gram. ég. p. 429), mais la suite manque, et le décret égyptien ne recommence à répondre, dans ce qu'on a de la ligne IX, qu'au début de la ligne 44 du texte grec.

'Επικεῖσθαι τῷ ναῷ τὰς τοῦ βασιλέως χρυσᾶς βασιλείας δέκα. « Qu'on placerait au-dessus les dix coiffures royales en or » : C'est ainsi que j'ai cru devoir traduire, et non pas les dix *couron-*

nes, comme l'ont fait les précédents interprètes, à l'exception de Drumann. Il doit donc être ici question des différentes coiffures symboliques, dont on voit la tête des rois décorée sur les monuments, et qui toutes sont ornées sur le devant d'un *uræus* qui se dresse. Cette dernière circonstance n'est point oubliée dans l'inscription, αἷς προςκείσεται ἀσπίς. La lacune qui suit est difficile à remplir, bien qu'on devine la présence d'un adjectif destiné à caractériser l'*uræus* ou aspic placé au-devant des coiffures royales. Porson a proposé : Καθάπερ καὶ ἐπὶ πασῶν. Un autre érudit : Ὥςπερ καὶ ἐπὶ τῶν ἄλλων. Ces restitutions me paraissent matériellement trop longues pour la place, et en même temps vides et traînantes. Pour remplir plus complétement cet intervalle, j'ai hésité entre deux expressions, qui l'une et l'autre m'étaient fournies par Horapollon : ἡμίτομος et ἐγρηγορώς. La première se trouve I, 63 ; je m'étonne que M. Leemans n'ait fourni aucun commentaire sur ce chapitre : Βασιλέα δὲ οὐ τοῦ παντὸς κόσμου κρατοῦντα, μέρους δὲ, βουλόμενοι σημῆναι, ἡμίτομον ὄφιν ζωγραφοῦσι, δηλοῦντες τὸν μὲν βασιλέα διὰ τοῦ ζώου, ἡμίτομον δὲ, ὅτι οὐ τοῦ παντὸς κόσμου. Au premier abord, on ne sait ce que veut dire *ce roi qui n'est pas maître du monde entier*, et dans quel sens il faut entendre *la coupure* du serpent, dont la moitié doit désigner le roi possesseur d'une partie du monde seulement. Le serpent dont il est ici question est bien évidemment l'*uræus* ou *serpent royal*, βασιλίσκος, de ⲟⲩⲣⲟ, *rex*, en grec βασιλεύς : Ὄφιν καλοῦσιν Αἰγύπτιοι οὐραῖον, ὅ ἐστιν Ἑλληνιστὶ βασιλίσκον (Horap. I. 1). Ce symbole n'est point ordinairement usité dans l'écriture comme signe de l'idée *roi* : les textes l'offrent très fréquemment avec le sens de *déesse* (V. l. 5 de l'Inscription de Rosette, Champ. *Gram. égyp*. p. 122). Nous devons donc reconnaître ici l'uræus, dans son emploi, non graphique, mais monumental, tel que les bas-reliefs des temples et les statues des rois l'offrent si fréquemment, placé au-dessus du front et en avant de la coiffure royale. Or, dans le plus grand nombre des cas, on n'aperçoit que la *partie supérieure* du corps de l'uræus, c'est-à-dire *la tête et le cou distendu*, tandis que la queue reste cachée. D'après cette observation, on pourrait entendre par *le roi qui ne possède pas le monde entier*, le monarque terrestre, en opposition à la divinité qui est παντοκράτωρ, et dont le symbole, le *serpent entier*, serait en conséquence indiqué dans le chapitre suivant : Παντοκράτορα δὲ ἐκ τῆς τοῦ ζώου τελειώσεως σημαίνουσι, πάλιν τὸν ὁλόκληρον ὄφιν ζωγραφοῦντες · οὕτω παρ' αὐτοῖς τοῦ παντὸς κόσμου τὸ διῆκόν ἐστι πνεῦμα. (I. 64). «*La figure de l'animal entier désigne le maître de tout : le serpent est en effet le symbole du souffle divin qui pénètre le monde entier*». M. Leemans, commentant ce dernier chapitre, a bien compris l'allusion que renferme la dernière phrase à l'*Agathodæmon*, symbole de *Knef*, bien que la forme de ce dernier serpent soit tout à fait différente sur les monuments égyptiens de celle de l'uræus. Le même savant a cru aussi que par le παντοκράτωρ, c'est-à-dire le *tout-puissant*, on ne pouvait entendre que la divinité.

Plusieurs objections s'élèvent néanmoins contre cette manière de voir : 1° les rois portent habituellement le titre de *seigneur des deux moitiés du monde* (fig. 10 *quater*), ce qui répond exactement au παντοκράτωρ d'Horapollon ; 2° Plusieurs coiffures royales, et particulièrement le casque de guerre, offrent habituellement, non la moitié supérieure de l'*uræus*, ὄφις ἡμίτομος, mais le corps entier du serpent, ὁλόκληρος ὄφις. Peut-être quelque interprète des temps postérieurs, en voyant le casque de guerre avec le serpent complet plus habituellement figurer sur la tête des rois conquérants, se sera-t-il imaginé que ce symbole n'appartenait dans sa plénitude qu'aux souverains dont la puissance avait paru illimitée. Mais l'esprit de la religion égyptienne s'oppose à une telle distinction. L'*uræus* ne peut s'appliquer à aucun autre souverain que celui de l'Égypte, et le roi d'Égypte, représentant de la divinité sur la terre, ne peut se distinguer du maître du monde. Il n'y a donc pas de différence pour le sens entre l'ὄφις ἡμίτομος et l'ὄφις ὁλόκληρος ; et les deux passages que nous venons de comparer démontrent, ainsi que j'ai eu déjà l'occasion de le faire voir (*Recherches sur Horapollon*, p. 15 et suiv.), que l'auteur égyptien des *Hieroglyphica*, ou plutôt son traducteur grec, connaissait beaucoup mieux la valeur convenue des caractères qu'il ne savait en donner la véritable interprétation.

D'après ce qu'on vient de lire, on voit que l'expression d'ὄφις ἡμίτομος, *serpent dont on ne voit que la moitié*, peut s'appliquer fort bien à la plupart des *uræus* qui ornent le devant des coiffures royales ; mais, puisqu'il existait en même temps sur les mêmes coiffures des serpents complets, ὄφεις ὁλόκληροι, on ne comprendrait pas que l'auteur du décret eût précisé une forme de l'*uræus* qui ne s'appliquât pas à toutes les coiffures royales indistinctement. Ce n'est donc pas ἀσπὶς ἡμίτομος qu'on doit lire sur l'inscription de Rosette.

Je pense qu'on peut tirer un meilleur parti du chapitre 60 du même livre : Ἑτέρως δὲ βασιλέα φύλακα δηλοῦντες, τὸν μὲν ὄφιν ἐγρηγορότα ζωγραφοῦσιν, ἀντὶ δὲ τοῦ ὀνόματος τοῦ βασιλέως, φύλακα γράφουσιν· οὗτος γὰρ φύλαξ ἐστὶ τοῦ παντὸς κόσμου, καὶ [δεῖ] ἑκάστοτε τὸν βασιλέα ἐπεγρήγορον εἶναι. La traduction mot à mot de ce chapitre n'offre, pas plus que celle du chapitre 63, un sens raisonnable et qui s'applique aux monuments : « Autrement, pour désigner un roi bon » gardien, vigilant, on dessine un serpent éveillé, et, au lieu du nom du roi, on écrit : » *gardien*. Car le roi est le gardien du monde entier, et il faut que sa vigilance soit » toujours éveillée. » Reprenons la remarque que nous faisions tout à l'heure sur les subtilités déplacées que se permet Horapollon, ou son traducteur Philippe. Six chapitres consécutifs (I. 59-64) sont consacrés à l'interprétation des principaux symboles de la royauté. Ces symboles, tels que les monuments nous les révèlent, sont l'*uræus*, ornement des coiffures royales ; l'*ellipse* dans laquelle sont renfermés les noms des rois, le *roseau* et l'*abeille*. Le roseau (fig. 11) est bien clairement désigné par l'auteur du *Traité d'Isis et d'Osiris* (cap. 36, p. 365 B.), si l'on adopte une très heureuse correction de Wyttenbach : καὶ θρίῳ (*lege* θρύῳ) βασιλέα.... γράφουσι. Les trois autres symboles sont indiqués par l'auteur des *Hieroglyphica*, c'est-à-dire, l'*uræus*, chap. 60, 63 et 64 ; le *car-*

touche, 59 et 61, l'*abeille*, 62. On sait maintenant, à n'en pas douter, que l'auteur des *Hieroglyphica* s'est trompé, quand il a cru reconnaître dans l'*abeille*, non le roi lui-même, *mais le peuple obéissant au roi*. Nous relevions tout à l'heure une inexactitude semblable dans la distinction que cet auteur établit entre l'*uræus complet* et l'*uræus coupé par moitié*. On admettra difficilement que le tracé du cartouche royal, tel qu'il est clairement indiqué dans les chapitres 59 et 61, soit marqué par le corps d'un serpent replié sur lui-même, et l'on serait tenté de substituer ici au serpent d'Horapollon une ellipse formée de tiges de ce même roseau dont la branche est l'initiale habituelle du mot ⲥⲟⲩⲧⲉⲛ *roi*, dans l'ancien dialecte égyptien. Mais, quelles que soient les erreurs commises par l'auteur des *Hieroglyphica*, on reconnaît qu'il a eu en vue dans ces divers exemples des signes hiéroglyphiques sur la valeur desquels il ne s'est pas trompé. Nous croyons pouvoir porter le même jugement du chapitre 60. L'uræus ἐγρηγορὼς, c'est-à-dire debout, animé, et dans l'expression d'une active attention, est, comme l'a très bien vu M. Leemans, l'uræus, ornement habituel des coiffures royales. Il ne désigne pas plus particulièrement un roi *vigilant*, que le roi *qui ne possède qu'une partie du monde*, du chapitre 63, ou le roi *placé à la tête de la monarchie universelle*, du chapitre 64. Cette phrase étrange : *au lieu du nom du roi*, *ils écrivent*, *gardien*, peut aussi, à l'aide des monuments, recevoir une interprétation satisfaisante. Pour cela, on doit se rappeler que le traducteur Philippe employe fréquemment des expressions poétiques ou bien des mots latins, au lieu des mots de la bonne grécité (Leemans, *Prolegom. ad Horap.*, p. XIX). D'après cette observation, je suis tenté de traduire ἀντὶ δὲ τοῦ ὀνόματος τοῦ βασιλέως, par : *devant le nom du roi*. Si ἀντὶ, n'est point l'*ante* des Latins, c'est sans doute l'expression homérique, synonyme de ἄντα *en présence de*, *contre*, *vis-à-vis*; quant à φύλακα γράφουσιν, c'est comme si Philippe avait écrit : τοῦτον τὸν φύλακα, c'est-à-dire le serpent. Et, en effet, sur les monuments de la décadence égyptienne, le titre de *fils du Soleil*, qui est placé devant les noms des souverains, est figuré par un *œuf*, symbole de génération et de filiation, et le *disque du soleil*, entouré de l'*uræus qui se dresse*, ὄφις ἐγρηγορώς. On trouvera de nombreux exemples de ce mode de transcription (fig. 11) dans Rosellini, *Mon. Ist.*, tom. II, tav. XXI *e seg.*

Au reste, l'expression ὄφις ἐγρηγορὼς me paraît celle qui rend le mieux le mouvement et l'action de l'*uræus* tel qu'il est représenté sur les monuments égyptiens, et c'est pour cela surtout que nous l'avons introduite dans notre restitution.

L. 44. Τῶν ἀσπιδοειδῶν βασιλειῶν τῶν ἐπὶ τῶν ἄλλων ναῶν. L'expression βασιλεία ἀσπιδοειδής, dont le sens naturel semble être : *une couronne ou coiffure royale en forme d'aspic ou de serpent*, serait ici bien embarrassante, si le commentaire de cette expression n'était précisément fourni par la ligne précédente : βασιλείας δέκα, αἷς προςκείσεται ἀσπίς. Qu'était-ce après cela que les coiffures *royales qu'on plaçait sur les autres naos*? Sans doute il est ici question des *naos* dédiés à la mémoire des rois d'Égypte prédécesseurs d'Épiphane. Au reste, il n'est pas inutile de faire observer qu'outre les coiffures royales ornées d'uræus qui pouvaient être placées au sommet des *naos portatifs*, la frise de ces édicules était généralement décorée d'une suite d'*uræus*. On peut en juger par le naos monolithe de granit du grand temple de Philæ (*Descr. de l'Égypte*, Ant. tom. I, pl. 10; *Musée des antiq.Égypt.*, pl. I, n° 12), monument qui, dans une matière durable, doit avoir reproduit les édicules de bois doré qu'on portait dans les processions solennelles. La partie correspondante du texte hiéroglyphique est remarquable. Après plusieurs groupes parmi lesquels le *naos portatif* est rappelé, on trouve la phrase suivante au commencement de la ligne IX : *Uræos* (ⲟⲩⲣⲣⲉ) | *stantes* | *super* | *alia* | *sacella* (*Gr. égypt.*, p. 314 et 337). La phrase grecque n'est pas tout à fait analogue : Ὡς ἐπὶ τῶν ασπιδοειδῶν βασιλειῶν τῶν ἐπὶ τῶν ἄλλων ναῶν. Mais, outre que les groupes précédents dans le texte égyptien ont pu contribuer à compléter le parallélisme, il n'y a pas de nuance notable pour le sens entre : *un uræus comme ceux qu'on voit placés sur les autres naos*, et : *un uræus comme sur les couronnes ornées d'uræus des autres naos.*

L. 44. Ἔσται δ'αὐτῶν ἐν τῷ μέσῳ ἡ καλουμένη βασιλεία ΨΧΕΝΤ. Ce dernier mot égyptien que le rédacteur du texte grec a cherché à transcrire de la manière la plus conforme à la prononciation égyptienne, est évidemment un signe figuratif, et il le reproduit dans le texte hiéroglyphique. On y reconnaît la coiffure divine et royale qui montre réunis les symboles des régions supérieure et inférieure. Les divers traducteurs du décret ont jusqu'à présent reproduit identiquement la forme introduite dans le texte grec : *pschent*. Mais cette forme ne peut être régulièrement égyptienne que si l'on admet qu'elle porte en tête l'article masculin affixe. Le vrai mot égyptien est donc *schent* (1), et c'est celui que nous avons admis dans notre version. Le radical copte : ϣⲛⲧ *plectere*, et son dérivé ϣⲟⲛⲧ *reticulum, implexum opus* sont dans un rapport étroit avec l'idée de *coiffure*.

On remarquera que le rédacteur du décret qui jusqu'ici s'est constamment exprimé par une suite d'infinitifs, tous dépendant du verbe ἔδοξεν de la ligne 56, s'interrompt pour employer le futur : mais comme l'infinitif reprend à la phrase suivante, ἐπιθεῖναι δε, j'ai cru devoir indiquer par une parenthèse cette courte incidence.

Le reste de la ligne IX, à partir de la fin du passage que nous avons analysé plus haut, correspond à ce que contient le texte grec, depuis les mots ἔσται δ'αὐτῶν ἐν τῷ μέσῳ jusqu'à κατὰ τὸ προειρημένον βασίλειον, l. 45. L'analyse de ce long fragment ne se trouve pas dans la *Gr. Égypt.* de Champollion, à l'exception du membre de phrase placé un peu après le milieu de la ligne, et qui commence *par le plan d'un temple* surmonté de *la bouche* (ⲗ ou ⲣ fig. 13) : *ad templum* | *quando* | *cepit* | *titulum suum* | *maximum* (*Gr. égypt.* p. 277).

(1) Gr. Égypt. p. 76.

Sans entreprendre l'analyse des parties sur lesquelles Champollion n'a point laissé d'explications, nous pouvons faire suivre pas à pas les rapports du texte grec et du texte égyptien : *et* | *Schent* | *intus*, | *super* | . . . . | *cum* | *splendore* | *majestatis ejus* | *ingredientis* | *in* | *templum* | *Vulcani*, répond bien à : ἔσται δ'αὐτῶν — τὸ ἐν Μέμφει ἱερόν. Les personnes quelque peu exercées à la lecture des textes hiéroglyphiques reconnaîtront facilement dans cet espace le symbole de l'idée de splendeur, *le disque du soleil d'où découlent trois rayons* (fig. 14), la forme ordinaire de : *sa majesté* (fig. 15), la *barque* symbole de l'idée de mouvement, le *plan carré* qui exprime l'idée *demeure*, et la forme phonétique invariable du nom de *Phthah*. Un petit nombre de groupes plus obscurs, mais où l'on reconnaît *les deux jambes*, symboles de l'idée : *venir*, et le *roseau* qui désigne le *roi* ou la *royauté*, séparent cette partie du texte de celle que nous avons rapportée d'après la *Gr. égypt.*, p. 277. L'analyse de ce dernier membre de phrase conduit, pour le grec, jusqu'à τῇ παραλήψει τῆς βασιλείας. Suit le groupe ordinaire : *similiter*, qui ouvre la phrase correspondante à : ἐπιθεῖναι δὲ — βασίλειον. La figure du *schent* qui termine la partie conservée de la ligne IX, et qui est la traduction du mot grec βασίλειον, clot le membre correspondant de la phrase hiéroglyphique. A ἐπὶ τοῦ τετραγώνου se rapporte la forme ordinaire de la préposition *super* (fig. 16) et un caractère qui paraît dessiner l'*angle d'un carré*.

Le τετράγωνον dont il est ici question ne peut être que l'*attique* formant *plateforme* au-dessus de la corniche du naos ; c'est pourquoi j'ai traduit : ἐπὶ τοῦ περὶ τὰς βασιλείας τετραγώνου par : *sur la plateforme carrée qui supporte les couronnes* ; περὶ est ici employé dans le sens plus général de : *ce qui se rapporte à une chose*. Le *naos* figuré à diverses reprises sur notre monument ne fournit pas les détails nécessaires à l'explication de cette partie du texte grec. Au lieu de l'attique qui décore le sommet des *naos* de granit qui existent encore, particulièrement celui du grand temple de Philæ (*Descr. de l'Égypte*, Antiq., tom. I, pl. 10; *Mus. des antiq. ég.* pl. I, n° 12), et des coiffures, qui suivant le décret, devaient surmonter cette attique, on ne voit qu'une masse de forme irrégulière. A-t-on voulu par là représenter l'enveloppe qui, hors de l'époque des fêtes solennelles, devait couvrir à la fois l'attique et les coiffures royales ?

45. Φυλακτήρια χρυσ[ᾶ ἐν οἷς γεγράψεται ὅ]τι ἐστὶν κ. τ. λ. La lacune est ici comblée à peu près de la même manière que l'a proposé Porson (ὅτι au lieu de διότι). Drumann s'efforce de démontrer que les φυλακτήρια dont il est ici question sont des *amulettes*, et qu'en les plaçant auprès du *schent*, on leur attribuait une valeur superstitieuse : nous ne le pensons pas. Φυλακτήριον doit s'entendre dans le sens d'une *inscription tracée sur une banderolle* semblable à celles dont il est question dans l'Évangile, Matth. XXIII. 5. J'avais d'abord cru que le décret désignait par φυλακτήρια, les quatre inscriptions dédicatoires qui devaient être tracées sur les quatre faces de l'attique du naos; mais qu'auraient été des inscriptions *dorées* sur un monument qui devait être entièrement revêtu de dorures (V. l. 41) ? La place des phylactères est d'ailleurs marquée auprès du *schent* κατὰ τὸ

προειρημένον βασίλειον, lequel devait être posé au centre du monument. On n'a pas, pour éclaircir cette difficulté, la partie correspondante du texte hiéroglyphique.

L. 46. Ὅτι ἐστὶν τοῦ βασιλέως τοῦ ἐπιφανῆ ποιήσαντος τήν τε ἄνω χώραν καὶ τὴν κάτω. Le texte hiéroglyphique donnait, à ce qu'il semble, des détails bien plus circonstanciés sur l'inscription que devaient porter les phylactères. En effet, la ligne X commence par un *bouquet de lotus*, symbole de la *région inférieure*, lequel devait être précédé du *bouquet de papyrus*, symbole de la *région supérieure* (Comparez l. V). A quelques groupes plus loin, les mêmes idées, rendues une seule fois en grec par τήν τε ἄνω χώραν καὶ τὴν κάτω, sont reproduits une seconde fois par le *vautour* et *l'uræus*, l'un et l'autre posés sur la corbeille hémisphérique, symbole de l'idée de totalité. Enfin nous voyons ensuite, après un groupe composé du c transitif, de l'*oignon blanc sur sa tige* et du symbole de splendeur, le *disque du soleil répandant ses rayons*, caractères qui rendent le grec : τὸν ἐπιφανῆ ποιήσαντος, nous voyons, dis-je, une troisième expression des régions supérieure et inférieure, c'est-à-dire les deux coiffures qui composent le *schent*, divisées et placées chacune sur le *pain circulaire*, symbole de l'idée région. Il est donc probable que le rédacteur du décret hiéroglyphique avait rapporté tout le texte dont l'inscription des phylactères devait être composée, afin de servir de patron aux hiérogrammates, tandis que l'auteur du texte grec s'est contenté d'indiquer l'intention générale de cette inscription. J'ai déjà émis précédemment (p. 23) l'opinion que ce qui dans le décret se rapportait au protocole religieux des Égyptiens, avait dû recevoir dans le texte hiéroglyphique des développements qui manquent au texte grec : l'étude que nous allons faire des lignes suivantes nous démontrera de plus en plus l'exactitude de cette observation.

Καὶ ἐπὶ τὴν τριακάδα τοῦ Μεσορὴ κ. τ. λ. On lit sur le monument original τούτου Μεσορή : mais il n'a pas encore été question du mois de *Mésori* dans l'inscription, et le pronom τούτου, s'il était conservé, devrait être suivi de l'article τούτου τοῦ Μεσορή. ΤΟΥΤΟΥ présente évidemment une réduplication fautive du graveur pour ΤΟΥ.

La partie correspondante à cette phrase du texte grec, jusques et y compris ἐπωνύμους νενομίκασιν ἐν τοῖς ἱεροῖς, comprend, avec beaucoup plus de développement, le reste de ce que nous avons de la ligne X ; l'idée ἐπωνύμους νενομίκασιν qui clot la phrase grecque, ouvre la phrase hiéroglyphique immédiatement après les troisièmes symboles des *régions inférieure et supérieure* : la date *du* 30 *de Mésori* est indiquée par *quatre croissants superposés suivis d'un bassin rempli d'eau* (désignant le quatrième mois de l'inondation), le signe que Champollion décrit comme servant à exprimer le 30 du mois dans les *textes hiératiques* (Gr. égypt., p. 226), et le disque du soleil, déterminatif de toutes les idées de temps (ibid. p. 96). Le membre de phrase qui suit a été analysé dans la *Grammaire égyptienne* p. 338 : *Diem natalem* | *dei* | *benefici* | *viventis* | *in æternum* | *habitum* | *pro* | *conventu solemni* ; c'est la traduction exacte du grec :

ἐν ᾗ τὰ γενέθλια τοῦ βασιλέως ἄγεται. Quelques groupes plus loin, nous trouvons une autre date qui nous permet de remplir une des plus graves lacunes du texte grec. Cette date se compose de *deux croissants* surmontant une *plantation*, indication du second mois de la végétation, du ϩ initial du mot ϩⲟⲟⲩ, *jour* et du *disque du soleil*, déterminatif des divisions du temps, enfin des signes bien connus du nombre 17. Le second mois de la végétation était chez les Égyptiens celui de *Phaophi* (Kosegarten *De prisca Ægypt. litteratura*, p. 50, d'après Champollion). C'est sur cette indubitable indication que nous avons rempli la lacune qui existe à la fin de la ligne 46, par ces mots: τὴν τοῦ Φαωφὶ ἑπτακαιδεκάτην. Au premier abord, d'autres passages du texte grec semblent être en contradiction avec le renseignement que vient de nous fournir le texte hiéroglyphique; en effet, on lit, l. 6, la date du décret, 18 *de Méchir*, et l'on voit, l. 7 et 9, que les prêtres de l'Égypte étaient réunis ce jour-là dans le temple de Phthah, à Memphis, *pour la cérémonie du couronnement*, πρὸς τὴν πανήγυριν τῆς παραλήψεως τῆς βασιλείας; il semble donc, quand il est question de nouveau d'un jour, ἐν ᾗ παρέλαβεν τὴν βασιλείαν, que ce devrait être le 18 *de Méchir*. Champollion l'avait d'abord pensé, ainsi que j'ai pu en juger d'après le premier travail de cet illustre savant sur la partie démotique de l'inscription de Rosette, travail qu'on croyait perdu, qui a été heureusement retrouvé, et qui m'a passé dernièrement sous les yeux.

Pour résoudre cette difficulté, je prie le lecteur de se rappeler ce que j'ai dit plus haut, p. 8, d'après Drumann, des deux acceptions dans lesquelles le rédacteur du texte grec a pris l'expression: παραλαμβάνειν τὴν βασιλείαν, soit pour désigner le jour où Épiphane avait hérité de son père la couronne de l'Égypte, soit pour marquer le jour où le même prince, arrivé à sa majorité, reçut solennellement dans le temple de Phthah, à Memphis, les insignes de la royauté. Ici, et pour confirmer la même distinction, le texte hiéroglyphique vient encore à notre secours. On a vu, ligne IX, comment la cérémonie de Memphis avait été indiquée. Le symbole, qui répond à la βασιλεία du texte grec, est une *colonne* à chapiteau en forme de *lotus ouvert*, surmonté de *deux cornes de taureau*, *l'extrémité du lituus* étant posée en travers sur la corne gauche (fig. 17). Ce qui se rapporte à l'événement célébré le 17 de phaophi, et non le 18 de méchir, se lit à la suite de la première date dans la ligne X. Champollion a donné l'analyse d'une partie de cette phrase (*Gr. Égypt.*, p. 295), et la version entière en existe, p. 756 de la partie encore inédite du manuscrit de cet ouvrage: *Fecit* | *cærimoniam* | *regii* | *festi* | *ad* | *recipiendum* | *suum* | *regnum* | *a* | *patre suo*. C'est l'équivalent un peu plus développé des mots qui commencent la l. 47: Ἐν ᾗ παρέλαβεν τὴν βασιλείαν παρὰ τοῦ πατρὸς αὐτοῦ. On voit seulement que cette première prise de possession était aussi accompagnée d'une cérémonie, et ne se bornait pas au fait de l'hérédité par succession; mais je remarque: 1° qu'ici βασιλεία est exprimé, dans le texte hiéroglyphique, non par la colonne surmontée des *cornes de taureau*, mais par l'emblème ordinaire de la royauté, *la tige de roseau* (fig. 11); 2° que le texte hiéroglyphique, comme le grec, dit expressément qu'alors Épiphane a reçu la royauté *de son père;* et cette dernière circonstance est fidèlement reproduite toutes les fois qu'il est question, non de la cérémonie de Memphis, mais de l'avénement du jeune prince à la couronne: ainsi nous lisons, l. 1: καὶ παραλαβόντος τὴν βασιλείαν παρὰ τοῦ πατρός; l. 8: ἣν παρέλαβε παρὰ τοῦ πατρὸς αὐτοῦ· L'intention du rédacteur grec du décret a donc été de corriger l'amphibologie que présentait la double acception de παραλαμβάνειν τὴν βασιλείαν par l'addition des mots παρὰ τοῦ πατρὸς αὐτοῦ toutes les fois qu'il était question, non du couronnement de l'an IX, mais de l'avénement au trône. Ajoutons que le texte hiéroglyphique était encore plus explicite, puisqu'il avait affecté à chacune des deux cérémonies un symbole distinct que le grec confond dans l'expression commune de βασιλεία. C'est encore là une observation qui garantit au texte hiéroglyphique la priorité de la rédaction.

L. 47. Ἐπωνύμους νενομίκασιν κ. τ. λ. jusqu'à ἀρχηγοὶ πᾶσιν εἰσίν. Ce qui peut se rapporter à ce membre de phrase dans la partie qu'on a du début de la ligne XI du texte hiéroglyphique, ne paraît pas aisément accessible à l'analyse: la concordance des deux textes reprend clairement aux mots ἄγειν τὰς ἡμέρας ταύτας; nous reconnaissons le début de la phrase égyptienne correspondante, à l'*œil*, signe initial habituel du verbe ειρε, *faire*. L'analyse de ce qui suit donne le résultat suivant: *Agitare* | *dies* | *illos,* | *diem* | *decimum septimum* | *(et diem) trigesimum* (*Gr. Ég*. p. 186) | *in* | *mense* | *omni* | *per* | *conventus solemnes* | *in* | *templis* | *regionis sycomori* (id est: *AEgypti*). La fin de la phrase depuis *in* | *templis* est expliquée par Champollion (*Gr. Égypt.*, p. 192 et 450). La restitution de la lacune qui se trouve après les lettres εορτ. a été remplie d'une manière conforme à l'intention évidente de la rédaction, et aux données fournies par le texte hiéroglyphique. Heyne avait proposé: ἑορτὰς ἐν πᾶσι τοῖς κατὰ τὴν Αἴγυπτον... Porson: ἑορτὴν καὶ πανήγυριν ἐν τοῖς κατὰ Αἴγυπτον. J'admets le pluriel comme Heyne: mais je me rapproche plus dans le reste de Porson, qui me paraît d'ailleurs s'être trop préoccupé du besoin de ne pas rendre la lacune de la ligne 47 plus longue que celle de la ligne 46. Notre restitution n'a que quatre lettres de plus que la précédente, ce qui n'a rien de choquant ni d'impossible.

L. 48. Καὶ συντελεῖν ἐν αὐτοῖς θυσίας καὶ σπονδάς. Les groupes qui, dans le texte hiéroglyphique, répondent à ce membre de phrase, n'ont point été analysés. La concordance suit à partir de la conjonction ϩι (la *torsade croisée du bras*, fig. 18). Le grec dit ensuite: καὶ τ'ἄλλα τὰ νομιζόμενα, καθὰ καὶ ἐν ταῖς ἄλλαις πανηγύρεσιν. On lit dans le texte égyptien: *Et* | *celebrare* | *alias omnes* | *cærimonias* | *quæ fieri debent* | *in conventibus sacris* | *istis* | *uniuscujusque* | *mensis,* | *(et) alia omnia* | *quæ fiunt* | *in* | *conventibus* | *istis* | . Le commencement de la phrase jusqu'à *quæ fieri debent* est donné par Champollion (*Gr.*

Égypt., p. 315). Un autre fragment depuis *alia omnia* jusqu'à *istis* se lit, p. 429 du même ouvrage. Il est possible que cette portion du texte hiéroglyphique comprenne encore quelques mots de la phrase grecque : τάς τε γινομένας προθέσεις....., et que σὺν ἄλλοις τοῖς παρεχομένοις ἐν τοῖς ἱεροῖς soit rendu par le membre de phrase que Champollion a traduit, p. 313 et 451 de la *Gr. Égypt.*: | *et* | *unusquisque* | *celebrabit* | *ea* | *in* | *templis*. Mais la lacune de la ligne 48 ne saurait être comblée seulement par les mots que nous avons cités : τάς τε γινομένας προθέ[σεις σὺν ἄλλοις τοῖς πα]ρεχομένοις : il a dû se trouver quelques mots entre προθέσεις et σὺν, et ces mots sans doute ont été gouvernés par προθέσεις. De quelle nature étaient les offrandes dont il est ici question ? Le texte hiéroglyphique, s'il est complet dans cette partie, ne nous fournit à cet égard aucun secours, et c'est peut-être ce qui fera condamner la leçon que nous avons proposée : προθέσεις τῶν ἄρτων. Voici, du reste, sur quels motifs s'appuie cette conjecture : les *pains de proposition* n'étaient pas particuliers à la religion des Hébreux, et même il est probable que Moïse en avait emprunté l'usage aux Égyptiens. Dans la description qu'il nous donne d'une procession égyptienne, Clément d'Alexandrie (*Stromat.* VI, 4, p. 758 Pott.) fait marcher après le *prophète* ceux qui portent les *pains de proposition* : ἐπὶ πᾶσι δὲ ὁ προφήτης ἔξεισι......, ᾧ ἕπονται οἱ τὴν ἔκπεμψιν τῶν ἄρτων βαστάζοντες. Πρόθεσις et ἔκπεμψις τῶν ἄρτων me semblent deux expressions analogues.

L. 49. Ἄγειν δὲ ἑορτὴν καὶ πανήγυριν. La partie qui répond à ces mots manque dans l'égyptien, et ce qu'on a de la ligne XII commence par le cartouche royal dont la traduction renversée a été reproduite dans le grec : Τῷ αἰωνοβίῳ καὶ ἠγαπημένῳ ὑπὸ τοῦ Φθᾶ βασιλεῖ Πτολεμαίῳ Ce qui suit : Θεῷ Ἐπιφανεῖ Εὐχαρίστῳ κατ' ἐνιαυτὸν, est fidèlement rendu par le texte hiéroglyphique : on reconnaît le symbole de l'idée *année*, la feuille de palmier. Ce qui suit n'a point été analysé et ne fournit pas de renseignements propres à combler la lacune de la l. 49. La leçon que je propose : Κατ' ἐνι[αυτὸν λαμπρῶς τε καὶ σπουδαίως κατὰ τὴν] χώραν, a l'avantage de s'accommoder à l'ordre des idées sans en troubler la disposition.

L. 50. Ἀπὸ τῆς νουμηνίας τοῦ Θωὺθ ἐφ' ἡμέρας πέντε. On reconnaît facilement ce qui correspond à ce membre de phrase dans le texte hiéroglyphique, immédiatement avec le symbole de l'année : je distingue en effet d'abord la proposition ϣⲁ, puis les principaux signes qui servent à désigner le mois de Thoth, enfin les *cinq jours*. La valeur du signe qui paraît répondre à la νουμηνία, *novilunium* du texte grec (*un vase alongé, debout*), m'est inconnue. Pourquoi le *champ planté* suivi du *disque du soleil* (déterminatif des divisions du temps) n'est-il pas surmonté du *croissant*, signe ordinaire des mois ? est-ce parce qu'à la nouvelle lune, cet astre ne paraît pas sur l'horizon ? On voit après cela le *théorbe*, symbole de l'idée de bien, à cause de l'importance qu'on attachait à ces cinq premiers jours de l'année. Les deux caractères ⲧⲡ qui suivent le groupe consacré au mois de toth, me semblent répondre à la formule plus complète dans le copte :

ϩⲉ̀ⲛ ⲡⲧⲣⲁ, ϩⲉ̀ⲛ ⲡⲧⲣⲁ ⲱⲛϩ, *dum vivo, in vita mea* (Cf. Peyron, *Lex. copt.* p. 250).

Ἐν αἷς καὶ στεφανηφορήσουσιν, συντελοῦντες θυσίας καὶ σπονδάς. Ἀ στεφανηφορήσουσιν répond dans le texte hiéroglyphique un groupe dont le déterminatif est un *bouquet de fleurs*. Συντελοῦντες θυσίας est rendu par le caractère *panégyrie* précédé du ⲥ *transitif* (*celebrare*), et un mot au pluriel exprimé en caractères phonétiques (ϣⲁⲟⲩ, évidemment le même que le copte : ⲱⲟⲩϣⲓ, ϣⲟⲩϣⲁⲩϣⲓ, *sacrificium*, Cf. ϣⲏⲩⲉ, *altare*), ayant pour déterminatif la figure d'un autel. Le groupe suivant, déterminé par un *filet d'eau*, a déjà servi dans la ligne XI à exprimer les mots συντελεῖν σπονδὰς de la l. 48.

Καὶ τ'ἄλλα τὰ καθήκοντα. Le texte hiéroglyphique dit très clairement à ce sujet : *Et* | *alias* | *omnes* | *cærimonias* | *quæ fieri debent*.

Προσαγορε[ύεσθαι δὲ τοὺς ἐν τοῖς ἱεροῖς Αἰγύπτου πάντας] καὶ τοῦ θεοῦ Ἐπιφανοῦς εὐχαρίστου ἱερεῖς. Cette restitution, sur les détails de laquelle on peut varier, est fournie de la manière la plus évidente, quant à l'ensemble et à la suite des idées, par le texte hiéroglyphique, dont l'analyse fournit les résultats suivants : *Sacerdotes* | *templorum* | *in Ægypto* | *omnes* | *super* | *nomen* | *ejus* | *vocabuntur* | *sacerdotes* | *dei* | *Epiphanis* | *benefici* | *præter* | *titulos* | *sacerdotales* | *eorum*. La fin de cette phrase depuis *vocabuntur* est donnée par Champollion (*Gr. égypt.* p. 199) L'égyptien explique ce que le grec pourrait avoir d'ambigu dans le membre de phrase (l. 51) : πρὸς τοῖς ἄλλοις ὀνόμασιν τῶν θεῶν, ὧν ἱερατεύουσιν

L. 51. Καὶ καταχωρίσαι εἰς πάντας τοὺς χρηματισμοὺς καὶ εἰς τοὺς δ[ημοτικοὺς καταλόγους πάντας τὴν] ἱερατείαν αὐτοῦ. Je n'éprouve aucune hésitation sur le sens général qu'il faut attribuer à cette phrase : évidemment le mot qui commence par un δ, immédiatement avant l'ouverture de la lacune, a dû exprimer une idée opposée à celle que le mot χρηματισμὸς est destiné à rendre. Χρηματισμὸς, en latin *instrumentum*, est le monument d'une transaction privée, *un contrat* ; le mot qui suit doit désigner par contraste un *acte public*. Mais comment trouver un mot grec qui rende cette idée et qui commence par un δ ? J'avais d'abord voulu écrire : Καὶ εἰς τοὺς διαμερισμοὺς οἷς παρέσονται πάντας. Διαμερισμὸς, qui veut dire proprement *partage*, aurait bien pu, dans le dialecte de l'Égypte, signifier *répartition*, et désigner par conséquent les états *des contributions publiques*. Mais mon savant confrère M. Hase, à qui j'ai soumis cette conjecture, ne l'a point approuvée ; il a redouté l'introduction d'un mot qu'on n'a jamais jusqu'ici rencontré dans cette acception. J'ai dû me rendre à sa puissante autorité, et en même temps accepter avec reconnaissance la leçon qui lui appartient, et que j'ai insérée dans mon texte. Le δημοτικὸς κατάλογος, *dénombrement du peuple*, désigne un de ces actes publics, fréquents en Égypte, et qu'on a pu facilement opposer aux *contrats*, ou *transactions privées*. Au reste, le texte hiéroglyphique n'est d'aucun secours pour résoudre cette difficulté : le commencement de la phrase correspondante nous manque, et nous n'en avons que la conclusion au commencement de la ligne XIII :

Titulum honorificum | *sacerdotis* | *dei* | *Epiphanis* | *benefici* | *prœter* | *alios* [*titulos*] | *deorum*.

L. 52. Ἐξεῖναι δὲ καὶ τοῖς ἄλλοις ἰδιώταις ἄγειν τὴν ἑορτήν. Le début de la phrase correspondante fait lacune dans le texte hiéroglyphique, et l'on n'a pas l'analyse des groupes plus distincts qui suivent, jusqu'à celui que nous avons reproduit fig. 19, et qui complète l'équivalent de la phrase que nous venons de citer.

Καὶ τὸν προειρημένον ναὸν ἱδρύεσθαι καὶ ἔχειν παρ' αὑτοῖς. Le texte hiéroglyphique est conforme : (*licet*) *erigere* | *similiter* | *sacellum* | *illud* | *dei* | *Epiphanis* | *benefici* | *habentes illud* | *in domo* | *eorum*. (*Gr. Egypt.* p. 277 et Mss. p. 781)

Συντελοῦ[ντας τὰ προσήκοντα νόμιμα ἐν ταῖς ἑορτα]ῖς κατ' ἐνιαυτόν. C'est la restitution proposée par Porson. Le texte hiéroglyphique ne s'en éloigne pas sensiblement : | *Eodem modo* | *illi* | *celebrabunt* | *conventus solemnes* | (*et*) *festos dies* | *istos* | *singulis* | *mensibus* | *singulis* | *annis*.

L. 53. Ὅπως γνώριμον ᾖ διότι οἱ ἐν Αἰγύπτῳ αὔξουσι—καθάπερ νόμιμον ἐστίν. Le commencement de la phrase correspondante dans le texte hiéroglyphique se trouve à la fin de la ligne **XIII**. On y distingue le nom de l'Égypte (οἱ ἐν Αἰγύπτῳ) exprimé d'une manière différente de celle qu'on lit à la ligne **XI**. Je ne connais pas d'analyse de cette partie du texte égyptien.

['Εγχαράξαι δὲ τοῦτο τὸ ψήφισμα εἰς στήλην σ]τερεοῦ λίθου. La manière dont nous avons rempli cette lacune se rapporte exactement aux données fournies par le texte hiéroglyphique, l. **XIV**. Au début de cette ligne, après quelques groupes qui forment le complément de la phrase précédente, on retrouve le verbe (fig. 20) qui déjà, l. VI, a servi à exprimer l'idée de : *erigere*, et l'on continue jusqu'à la fin du décret à lire clairement ce qui suit : *erigere* | *titulum* (signe ayant la forme même de la stèle de granit sur laquelle le décret est gravé) *de* | *lapide duro* (V. *supra*, p. 26), | *cum* | *scriptura* | *sacra*, | *scriptura* | *vulgari* (de ϣⲁⲩ *utilitas* ? déterminatif : *un canif*, *Gr. Egypt.* p. 104), (*et*) *scriptura* | (écrit phonétiquement ⲥϧⲁⲓ au lieu du symbole *l'écritoire*, employé deux fois immédiatement auparavant) *Græcorum* | *sic ut* (ⲣⲏϯ pour ϣⲡⲁⲓⲣⲏϯ *copt.*) *sistatur* | *ille* | *in* | *templis* | *Ægypti* (comme à la ligne précédente) *omnibus* | *in nomine* | *ejus* | *primis*, (le signe numéral ⲙⲁϩ exprimé par une corde tordue, symbole de l'idée de plénitude ⲙⲉϩ), *secundis*, | *tertiis*, | *ubi* | *simulachrum* | *regis* | *Ptolemœi* | *viventis* | *in œternum* | *a Vulcano* | *dilecti* | *Epiphanis*, | *benefici*. Le groupe qui répond au mot ἑλληνικοῖς du texte grec (fig. 21), a été analysé par M. Rosellini (*Mon. dell' Egitto*, M. S. tom. III, p. 424). Nous ne nous prononçons pas sur le mérite de cette analyse qui, dans tous les cas, présentait de grandes difficultés. Nous nous contentons de faire observer que le premier caractère est la tige de *lotus*, *symbole de la région inférieure* (v. suprà l. X, *init.*), et que les Grecs qui habitaient la région inférieure de l'Égypte étaient venus des contrées septentrionales opposées par les Égyptiens au monde supérieur, celui du soleil ; ajoutons que les deux *corbeilles* superposées (ⲛ̀ ⲛⲏⲃ, *les seigneurs*) paraissent désigner convenablement les maîtres de l'Égypte. On verra d'ailleurs si l'analyse phonétique du mot égyptien, donnée par M. Rosellini (ϩⲟⲩⲓⲛⲓⲛ, ΙΩΝΕΣ) peut être considérée comme entièrement satisfaisante.

Je n'ai pas besoin d'ajouter que la restitution proposée pour la fin de la l. 54 : Καὶ τρίτων ἱερῶν ἐν οἷς ἡ τοῦ βασιλέως εἰκὼν ἵδρυται, répond exactement aux données fournies par le texte hiéroglyphique. Seulement il est évident que la place a manqué pour reproduire le nom propre de Ptolémée.

Supplément au commentaire de la ligne 3.

Εἰκόνος ζώσης τοῦ Διός. C'est encore ici une forme toute égyptienne, et qui confirme de plus en plus la priorité de la rédaction hiéroglyphique. Les rois, dans les louanges qu'on leur adresse, sont toujours comparés aux dieux. Le grec indique que le parallèle était cette fois établi entre Ptolémée et Ammon-Ra, celui des dieux égyptiens que les anciens ont assimilé à Jupiter. On verra (fig. 21 *bis*) la restitution de ce fragment du texte hiéroglyphique.

FIN.

TABLE DES MOTS GRECS.

	Pages.
Ἀγαθῇ τυχῇ,	28
Ἀθλόφορος,	14
Αἴγυπτον (ὁ τὴν) καταστήσας,	12
Αἰτίαις (οἱ ἐν) ὄντες,	19
Αἰωνόβιος,	14
Ἀλλότρια φρονεῖν,	10
Ἄπιδος (φάτνη),	23
Ἀπίειον (το)	23
Ἀντὶ pour ἄντα	36
Ἀσπιδοειδῆ βασίλεια,	36
Ἀσπὶς ἐγρηγοριὼς,	34, 35, 36
Ἀσπὶς ἡμίτομος,	34, 35
Ἀσπὶς ὁλόκληρος,	34, 35
Βασιλείας (παράληψις τῆς), βασιλείας (παραλαμβάνειν τὴν),	18, 40, 41
Βασιλεία, βασίλειον,	12, 33
Βασιλίσκος,	34
Δημοτικοὶ κατάλογοι,	43
Διαμερισμὸς,	43
Ἐδοκίμασεν (ὃν ὁ Ἥφαιστος),	13
Εἰκόνα στῆσαι,	20
Εἰς οὖδας,	18
Ἐπὶ χώρας,	24
Ἐπὶ τῆς ἑαυτοῦ βασιλείας,	27
Ἐπιπιέζω,	22
Ἑρμῆς ὁ μέγας καὶ μέγας,	20
Ἱεροστολιστὴς,	15
Ἱερὸς κόσμος,	31
Ἴσιος pour Ἴσιδος,	19
Κανήφορος,	14
Καταπορευόμενοι (οἱ),	20
Καταστήσασθαι (τὰ ἱερὰ),	19
Κατελθόντες (οἱ),	20
Κύριος βασιλειῶν,	12
Κύριος τριακονταετηρίδων,	12, 12
Μνεύις,	23, 24
Ναοὶ,	33

῞Οπλον νικητικὸν, 29
᾽Ορτυγος ὄστεον, 28
᾽Οσίριος pour ᾽Οσίριδος, 19
Οὐραῖος, 34
Παντοκράτωρ, 34
Παραλαμβάνειν τὴν βασιλείαν, παράληψις τῆς βασιλείας. V. βασιλεία,
Παχὼμ, Παχούμιος, 16, 18
Περὶ τὰς βασιλείας, 38
Πολυτελῆ (ἔργα), πολυτελεῖς (λίθοι), 26
Πρόθεσις τῶν ἄρτων, 42
Τελεστικὸν (τὸ), 19
Τετράγωνον, 38
Τίμια (τὰ) τῶν ἱερῶν, τιμιώτατα (τὰ), 26
῾Υιὸς τοῦ ῾Ηλίου, 14
Φαωφὶ (τὴν τοῦ) ἑπτακαιδεκάτην, 40
Φιλανθρωπέω, φιλανθρωπία, 19
Φυλακτήρια, 38
Χρηματισμὸς, 43
Ψχὲντ, 37
῟Ωρος. . . ὁ ἐπαμύνας τῷ πατρὶ αὐτοῦ ᾽Οσίρει, 18

Fig. 1. Fig. 2. Fig. 3.

Fig. 4. Fig. 5. Fig. 6.

Fig. 7. Fig. 8. Fig. 9. Fig. 10. Fig. 11.

Fig. 12. Fig. 13. Fig. 14. Fig. 15. Fig. 16.

Fig. 17. Fig. 18. Fig. 19. Fig. 20. Fig. 21.

Fig. 6. bis. Fig. 6. ter. Fig. 6. quater. Fig. 10. bis. Fig. 10. ter.

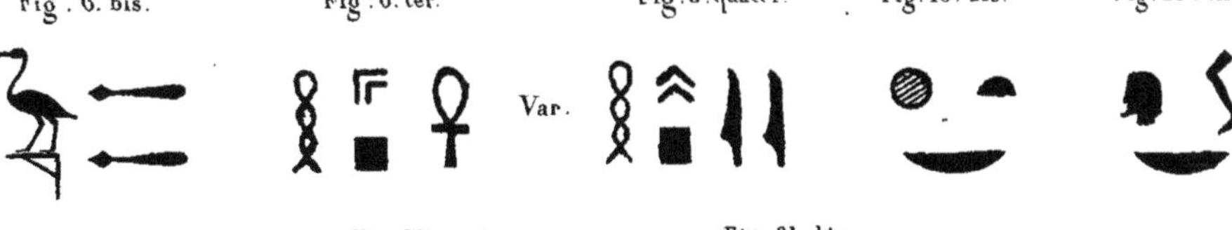

Fig. 10. quater. Fig. 21. bis.

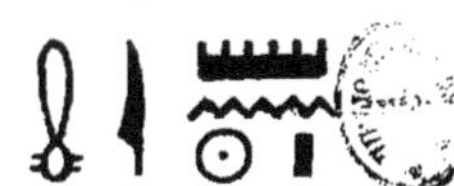

Imp. de P. Bineteau.

www.ingramcontent.com/pod-product-compliance
Ingram Content Group UK Ltd.
Pitfield, Milton Keynes, MK11 3LW, UK
UKHW012259240726
13966UKWH00004B/1488